U0093563

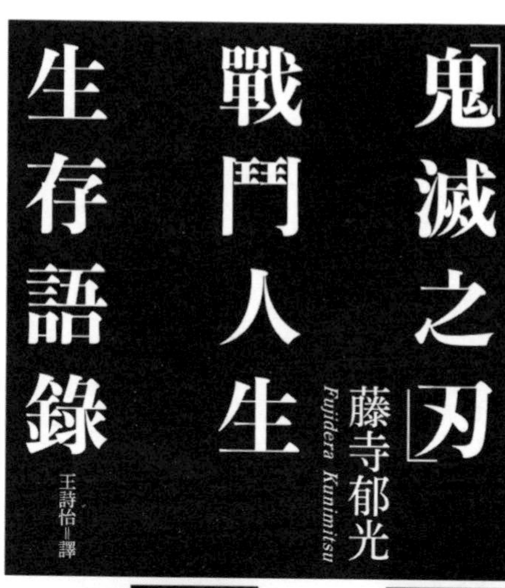

「鬼滅の刃」の

折れない心をつくる言葉

52個閃耀著愛和熱血的心靈應援金句

前
言

《鬼滅之刃》的故事背景設定在日本大正時代，世上有嗜吃人肉的食人鬼。賣炭維生的竈門炭治郎一家人慘遭「食人鬼・鬼舞辻無慘」殺害，唯一生還的妹妹竈門禰豆子也因此鬼化。

此時，鬼殺隊的劍客富岡義勇現身欲殺禰豆子，炭治郎只能跪地懇求「請饒了我妹妹一命」。然而，義勇的一句：「為什麼要讓別人掌握你的生殺大權？我不想看到你下跪求饒的慘樣！」讓不戰而降的炭治郎瞬間萌生了鬥志。

為了讓妹妹變回人類，炭治郎以鬼殺隊成員的身分戰鬥的同時，一邊和妹妹禰豆子聯手前行，以打倒最大的敵人「鬼舞辻・無慘」為目標。

如今《鬼滅之刃》不僅在日本，甚至在全世界都廣受歡迎，評價也很高。動畫版播出後，更是加速了這股熱潮，漫畫的累積售量超過八千萬冊，二〇二〇年秋天更決定推出電影版。

為什麼《鬼滅之刃》能夠迷倒這麼多人呢？

個性鮮明的登場人物、催淚的名場面、給人當頭棒喝的名言金句、角色間的友情、羈絆、關懷、淚水……理由有很多很多。

不過，最大的原因，我想還是在於每個角色都能勇於面對內心的軟弱，在掙扎過後依舊能重新站起來，那股「不屈不撓」的力量吧。

炭治郎和戰友們在打倒強敵的同時，也必須面對過去的傷心往事，以及上一代傳給下一代的感傷包袱，時而得克服殘酷的現實。無論在哪個篇章，我們都可看到人性的堅強與脆弱，登場人物的字字句句，都有著撼動讀者的「力量」。

能引起世人共鳴的，除了日本文化、日本的世界觀外，最重要的還是貫徹整部作品的中心價值以及言語的力量！

本書除了探究《鬼滅之刃》的主角少年炭治郎，是如何依靠「堅強之語」與「善良之語」超越次次的難關，也針對其他角色的台詞向下挖掘，根據以下五個主題，討論如何打造出「不屈不撓」的堅強意志。

①傾聽內心

②相信自己

③永不放棄

④愈戰愈強

⑤守護同伴

每個角色在說出某些台詞時背後真正的用意、作者吾峠呼世晴老師想要藉此傳達的情感，以及鬼殺隊隊員們所肩負的責任。

出生在現代的我們又該如何更有尊嚴的活著？這是今後將要面臨的課題。

每個人都有自己的使命。

就算你自認為沒有，冥冥中必定也存在著你應該完成的使命。看了《鬼滅之刃》之後，想必會讓我們發現自身應負的使命，並且培養出完成使命的堅強意志。

希望您在閱讀本書的同時，也能和內心所渴望的名言金句相遇。

藤寺郁光

◉參之型◉

永不放棄

—あきらめない—

◉肆之型◉——愈戰愈強——強くなる——

◉伍之型◉

守護同伴

—仲間を想う—

《鬼滅之刃》主要登場人物

竈門炭治郎

《鬼滅之刃》主角。為了讓妹妹變回人類，成為鬼殺隊的隊員與鬼戰鬥。

竈門禰豆子

炭治郎的妹妹。被鬼舞辻無慘變成鬼後，用睡眠填補食慾，從未吃過人肉。

我妻善逸

炭治郎在鬼殺隊的同期隊員，是鬼殺隊最強劍士之一桑島慈悟郎的徒弟。天性膽小。

嘴平伊之助

炭治郎在鬼殺隊的同期隊員，從小被山豬養大，個性十分粗暴。

不死川玄彌

炭治郎在鬼殺隊的同期隊員，不死川實彌的弟弟。

◉最高等級的劍士「柱」◉

富岡義勇——「水之呼吸」的使用者，水柱，引導炭治郎加入鬼殺隊的沉默劍士。

胡蝶忍——「蟲之呼吸」的使用者，蟲柱，製造出「能殺死鬼的毒藥」。

煉獄杏壽郎——「炎之呼吸」的使用者，炎柱，煉獄家族代代都是炎柱。

宇髓天元——「音之呼吸」的使用者，音柱。原為忍者，在與上玄之陸的對戰中受傷退隱。

甘露寺蜜璃——「戀之呼吸」的使用者，戀柱，加入鬼殺隊是為了「找到適合的夫君」。

時透無一郎——「霞之呼吸」的使用者，霞柱，握刀兩個月便當上柱的天才。

悲鳴嶼行冥

「岩之呼吸」的使用者，岩柱。最年長的柱，體格和臂力也是柱中最強的。

伊黑小芭內

「蛇之呼吸」的使用者，蛇柱。搭檔是名為鏑丸的白蛇。

不死川實彌

「風之呼吸」的使用者，風柱。擁有罕見血液，是炭治郎同期隊員不死川玄彌的哥哥。

產屋敷耀哉

鬼殺隊第九十七代當家，擁有能讓聽者身心舒暢的嗓音。

鬼舞辻無慘

殺害炭治郎的家人、害禰豆子變成鬼的鬼王。透過賜予自身血液，能讓人類變身為鬼。

傾聽內心

──感情を動かす──

給沒有目標或人生意義的你

竈門炭治郎

出處：第53話「你是」

加油

心是人的原動力

心的強大是沒有邊際的

頑張れ!!
人は心が原動力だから
心はどこまでも強く
なれる!!

炭治郎在胡蝶忍的宅邸結束了機能回復訓練，臨別之際，他和胡蝶忍的繼子（她親自培訓的徒弟）香奈乎有了這段交流。香奈乎是一個沒有自我意志的人，除了執行上頭交代的任務外，其餘的事項一律「扔硬幣決定」。炭治郎為了改變香奈乎，他將錢幣扔向高空時，這麼說了：「如果錢幣出現正面，妳就要順應內心的聲音活著。」在香奈乎緊張地凝視下，落下的硬幣果然呈現正面。上述，便是炭治郎握著香奈乎的手，告訴她的一段話。

你每天是為了什麼樣的目標而活著？你的人生意義又是什麼呢？

說「活著」或許太過誇張，那麼就改成「生活」吧。

每當被問到人生目標或人生意義時，或許有人會回答：「我沒有人生目標。」

如果已經有特定目標的人，立刻就能說出答案。然而我認為這種人，應該比想像中還少。因為，一旦說起人生目標或人生意義，總給人一種「我必須每天都專心致志地沉醉其中」的感覺。

可是，**就算你自認人生活得沒有目標或沒意義，有時在旁人眼中，其實你是有確切目標或人生意義的**。

舉個例子，「追星」在旁人眼中，就是一個很明確的生存意義。買書回來閱讀的習慣，對平時根本不看書的人來說，也是很明確的人生意義。只要重複著同樣的行為，就算本人沒有意識到，在旁人看來，其實就可視為目標或生存意義。

無論主動或被動，人類在採取每一個動作前，都是經過思考的。

當習慣成自然後，就會變成了慣性使然。不過你會這麼做，背後必有其動機，因為這是

內心聲音叫你這麼做的。我們的內心和身體本為一體，彼此會互相影響。

倘若你的內心失去了方向，請觀察自己的行動吧。

相反的，如果你想採取某個行動，也請試著傾聽內心的聲音。

即便是「怎樣都可以」的香奈乎，在受到炭治郎的言行啟發之後，也開始察覺自己內心深處微弱的聲音了。

日後她將不斷地成長，明知得冒著失明的風險，也要捨身救助鬼化的炭治郎。

你應該和香奈乎一樣，開始試著學習傾聽內心的聲音，並且養成在心動的那一刻，立刻踏出行動的第一步。

給悲觀自我厭惡的你

二

出處：第1話「殘酷」

富岡義勇

憤怒吧

無法原諒，

那股強大又純粹的憤怒

將成為驅使自己

往前邁進的最強動力

怒れ

許せないという

強く純粋な怒りは

手足を動かすための

揺るぎない原動力になる

賣炭維生的炭治郎到鎮上賣炭，翌日早晨回到家時，發現家人遭受「鬼舞辻・無慘」的襲擊，全都倒地身亡。所幸妹妹禰豆子一息尚存，炭治郎懷著一縷希望，揹起禰豆子前去找醫生。然而，禰豆子卻在中途醒來，正當鬼化的禰豆子欲對炭治郎不利，這時富岡義勇及時出現，打算殺掉禰豆子。看到炭治郎極力守護妹妹的模樣，以消滅鬼為職志的義勇，無情地說了這段話。上述，便是義勇當時的心聲。

「喜、怒、哀、樂」——無論哪一種情緒，都能驅使人展開行動。

只要是人，遇到開心的事就會雀躍不已，心神不定之下是完全藏不住喜悅之情的。而在所有的情緒之中，最能讓人動起來的，就是「憤怒」、「哀傷」這類的負面情感。

美國的社會神經科學者約翰・卡喬波（John T.Cacioppo）曾提出**「消極偏見」**（Negativity bias）一詞，意即，「比起正面經驗，人類更記得負面經驗，比起正面刺激，負面刺激更能讓人做出強烈反應。」

《鬼滅之刃》也是如此。幾乎所有登場的人物，過去都曾有過負面經驗，伴隨著負面情感而來的事件，驅使他們走上了劍士之路。最初的「哀傷」變成了「恨意」或「復仇」，不久又轉化成正義感，逼迫著自己開始鍛鍊……喚醒回去的記憶或情感，儘管會讓人覺得就快被擊潰了，然而唯有為了貫徹自身的使命、不停地在跌倒之後又爬起的人，才有資格朝「柱」（鬼殺隊中地位最高的劍士）邁進。

我們往往將負面情感視為壞事，下意識就想將其封印在腦海深處，事實上這樣的作法只會收到反效果。

負面情感愈強，帶來的能量也愈強，一味壓抑只是害自己受苦。

關鍵就在於，察覺負面情感的本質，並將這份情感拿來當成自我成長的養分。

你是否曾將負面情感埋藏心底，假裝感覺不到的樣子呢？

若是你正在忽略這份能帶來動力的情緒，請暫時停下腳步，靜靜地審視自己。

能夠察覺並正視自己的情緒，一切才有可能開始。

以及，哪種都行，請將能化為動力的情緒，妥善收在自己可以在需要時立刻拿來出來的抽屜裡。

如果炭治郎看到你遺失了自己最寶貴的情感，肯定會這麼對你說：

「撐下去！加油！千萬別變成鬼！振作一點！加油！加油！」

給想獲得幸福的你

我妻善逸

出處：第145話「幸福的箱子」

你總覺得不滿

心中那個存放幸福的箱子破了洞

幸福不斷流失

除非及早發現並將其堵住

否則將永遠無法滿足

どんな時もアンタからは
不満の音がしてた
心の中の幸せを入れる箱に
穴が空いてるんだ

どんどん幸せが零れていく
その穴に早く気づいて
塞がなきゃ
満たされることはない

我妻善逸和過去一起鍛鍊、同時也曾是自己的師兄「十二鬼月上弦之陸．獪岳」，展開對決。雖然兩人一同練功，但彼此都看對方不順眼，不過善逸非常敬重獪岳的努力不懈。然而，獪岳對於自己沒有受到重視深感不滿，逐漸對養育自己的桑島慈悟郎爺爺萌生了恨意。善逸回想起獪岳總是不滿足的模樣，他悲傷地察覺到，一切已經無法挽回了。上述，便是善逸回顧兩人學習時代時的心聲。

你心中裝載幸福的箱子，目前是幾分滿呢？
是滿到已經溢出來了，還是即將要裝滿了呢？
萬一，箱子不是滿溢的狀態，你知道原因是什麼嗎？

如同善逸的師兄獪岳是一個志向過度遠大的人，總是盲目地相信唯有獲得自己心中描繪的理想才算幸福，結果就是他從未覺得幸福。

因為太過自我中心的人，有時會蔑視或辱罵不如自己的人。

可是，**每個人的人生經歷都不同，無關強或弱、聰明或愚笨、高明或笨拙，任何人都有值得學習的地方**。如果能夠察覺到這點，將有助於自身的成長，以及獲得幸福。

相信你我都有過這樣的經驗，陪伴比自己年幼的小朋友玩耍，反而被小朋友指出了自己忽略之處，並從中學到了一課。大人明明比小朋友活得還要久、也經歷了各式各樣的事情，卻還是能從小朋友身上學習到許多事，想想真是不可思議呢！

長大成人後再回到國中國小，當時的事物看起來也變得完全不同了。因為我們的身體長高了，學校所有的一切看起來也變小了，或許我們還能以俯瞰的視角低望校園，喚起當時的

記憶。

幸福也是一樣。我們要等到受傷之後，才發現身體也有弱點及極限、大病一場之後，才首次發現健康的重要性、結婚生子後，才懂得感恩父母的辛勞……

「幸福之箱」是否也有容量的限制呢？

需求太多的話，「幸福之箱」反而會被撐破，讓幸福從破洞中流出，無論如何總是覺得不夠幸福。相反的，需求愈少，「幸福之箱」卻能細水長流，慢慢地被填滿。

萬一你覺得不夠幸福的話，請再次好好審視自己的箱子吧！

你的「幸福之箱」中，裝載的幸福是真的不夠？

還是箱底破了洞，導致幸福正在流失中呢？

給決定誠實面對自己的你

四

就算沒有被選中
就算實力不夠
人吶
還是有
絕對不能退縮的時候

竈門炭治郎
出處：第81話「重疊的記憶」

選ばれた者でなくとも
力が足りずとも
人には

どうしても退けない時が
あります

炭治郎和「十二鬼月上弦之陸・墮姬」對戰時，他想起了煉獄槙壽郎（煉獄杏壽郎之父）寫給自己的信中，那些感謝和道歉。槙壽郎承認，杏壽郎、千壽郎是相當出色的兒子，並讚許炭治郎的能力還在兩人之上。炭治郎的額頭上，也出現了被選為「日之呼吸使用者」，才會有的「紅色印記」。

實際上，炭治郎額頭上的紅色印記，是被火燙傷後留下的疤痕。儘管不是槙壽郎心中以為的那樣，然而炭治郎也是必須發揮超乎自身期待的能力，才有辦法打倒墮姬……上述，便是炭治郎在奮力一搏時內心的聲音。

你在什麼樣的情景下，會有勇無謀地接受挑戰、不顧自身安危也要採取行動呢？

你是否有過「無論如何絕不退縮」的經驗？

看不慣不講理的行動或蠻橫的態度，你的身體就會擅自做出了反應？

人在感應到恐懼或危險的時候，下意識就想逃跑，要不就是嚇到腿軟而臣服。

當我們對峙的對象，他的力量遠遠大過於自己，或是像大自然現象具有不可預測的威力，人就會感到恐懼或感知到危險。

然而即便面對這種無能為力的狀況，我們還是無法釋懷，因而催生出正面迎擊的勇氣和力量。

而這不正是當我們被某人期待時所作出的反應嗎？

被他人期待，表示有人相信自己。要是在這裡認輸，之後說明起來會更麻煩……要是自己跑了，別人就得代替我們犧牲……只有自己能守住了，非得想方設法阻止不可……這樣的

思覺喚醒了我們內在沉睡的本能，將之轉變為力量。

只不過，**正面迎擊之際，光憑一股氣勢橫衝直撞是無法贏過對方的**。

炭治郎因為「無法原諒沒有心的鬼，四處虐殺」，這樣的憤慨之情促使他挺身迎敵，無奈卻被敵人的攻擊打趴，命在旦夕。此時他發現，面對鬼這樣的強大對手，比起一時激憤，更能派上用場的是，先前練到要吐血的每日鍛鍊。

若你在日常生活中，遇到了心有不甘、無法退讓的事情，首先請好好珍惜當下的情緒吧。不過，千萬別感情用事，而是在下定決心好好努力後，才接受挑戰。

如此一來，即便是強大如上弦之鬼的對象，你也能打倒。

給不容許自己有一絲脆弱的你

五

真不甘心

就算克服了一道難關

眼前立刻又出現另一道銅牆鐵壁

高手都在前方戰鬥

而我卻還到不了那裡

竈門炭治郎

出處：第66話「在黎明死去」

悔しいなぁ
何か一つできるようになっても
またすぐ目の前に
分厚い壁があるんだ

凄い人はもっとずっと
先の所で戦っているのに
俺はまだそこに行けない

煉獄在與「十二月鬼上玄之參．猗窩座」的戰鬥中，他為了保護炭治郎等後輩，最後賠上了自己的性命。他在斷氣前表示：「身為柱，保護後輩是天經地義的事，（中略）我不能讓新芽被摘掉。」並留下鼓舞後輩的一段話：「現在輪到你們成為鬼殺隊的支柱了，我有信心，我相信你們。」炭治郎親眼目睹煉獄在盡到所有該盡的義務後死去，深感能力不足的他，突然開始懷疑自己有辦法像煉獄那樣保護別人嗎？上述，便是他當時的心境。

你是否有憧憬、崇拜的對象？當初是什麼原因，讓你對那人產生憧憬或崇拜之情呢？漫畫中登場的人物，在書籍、雜誌、電視上看到的人；抑或是前輩、朋友、好友，因為我們遇到了這樣的人，被他的某種特質所吸引，遂產生「我想像他一樣……」的念頭。

搏倒大鯨魚的小蝦米、屢次展現超乎常人的神技、擁有他人無法企及的壓倒性實力、偶然相會也能瞬間擄獲人心的魅力等等，因為我們想要成為這樣的人，於是我們開始發憤圖強。

一開始努力的路程並不怎麼順利，但也一步一步、戰戰兢兢地朝那個世界邁進。好不容易，終於覺得有點進步了……然而，立刻又被別人飛快地超越。我們投入的心力愈多、所在的等級愈高，等待著自己的愈是這樣的艱辛過程。

不過，**你所尊敬的那個人，應該也走過相同的路**。

沒有人一開始就可以站在頂峰。他一樣也經歷過無數的失敗，每次都留下不甘心的淚水，在一一超越了擋在眼前的高牆之後，才有現在的地位。

假設你以現有的實力和憧憬的對象共同面對挑戰，你有辦法和那人並肩作戰嗎？

你有辦法在那人努力拚搏的場所，也表現出同等的活躍力嗎？

有句話叫做：「合乎身分。」

若是不符合自身的才華、個性、身分，就無法得到預期的結果。

你所想像的將來的你與此刻的你，這中間尚有一段差距，這樣的事實可能讓人深感挫折。不過，你要是現在放棄的話，一切就結束了。

不甘心的感覺愈強，代表你愈認真。請將這份情緒化為前進的動力吧！

一邊在內心品味著「真不甘心啊」，一邊慢慢地向前邁進。

持續前進，才是讓你接近憧憬對象的最短距離。

給下意識就以他人為優先的你

竈門炭治郎

出處：第58話「早安」

抱歉
我必須去
戰鬥了！

ごめん
俺は
戦いに行かなきゃ
ならないから

炭治郎在無限列車上遭受了「十二月鬼下弦之壹．魘夢」的施法，陷入了深眠。從夢中醒來後，正當他欲起身打倒魘夢時，其他乘客為了繼續做魘夢給予的「幸福之夢」，竟對炭治郎等人展開攻擊。他們原本的計畫是闖入炭治郎和煉獄的夢境中，破壞其「精神內核」，既然炭治郎已經覺醒，他們便索性直接攻擊了。必須前去打倒魘夢的炭治郎，不得已只好出手弄昏乘客。上述，便是他下定決心這麼做時所說的話。

你在採取行動時，有辦法把自己的將來放在第一順位，或是不被他人的情感所左右嗎？體貼、優柔寡斷、重人情的日本人，很多時候都不擅長將自己擺在優先順位。反過來說，在這個不與他人交流就無法生存下去的現代社會，凡事都無條件以自己為優先，其實也

有一定的難度。

至於，要將自己優先到什麼程度，因活動區域、所屬的團體不同，做法也會出現相當大的差異。現下世界的潮流是，無法將自己放在第一順位的人，往往會得到負面評價。然而，切換到日本，若太以自己為優先的話，不是被孤立，就是會被他人冷眼相待。

為了持續成長、為了自己的將來，我們有必要培養出「決定人生優先順序、不被他人意見和情緒左右」的能力。因為繼續犧牲自己，最後只會讓你喪失原本擁有的各種可能性。

為了他人而忍耐，是日本固有的美德之一。

雖然近來年以自我為優先的利己主義者愈來愈多，但這也不是人人都能做到的事。

話說回來，凡事都將自己放最後，不僅延遲自身成長的速度，而且面臨緊要關頭之際，反而無法幫助到真正需要幫忙的人。

因為無視別人的目光，大膽採取行動而心生後悔；因為在意他人的目光，沒有採取行動而後悔不已，你會選擇哪一個？

無論做什麼事，都要重視自己的情緒。

除了現在也要顧及未來，這樣你才能做出最適當的選擇。

你真正想做的事情是什麼？

不是某人叫你這麼做，而是你發自內心想做嗎？請務必試著詢問自己的內心！

給遭遇困難的你

七

竈門炭治郎

出處：第191話「誰才是鬼」

きっと俺は地獄を見るだろう
（中略）
それでも俺は　今自分にできる

ことを精一杯やる
心を燃やせ　負けるな
折れるな

我肯定會見到地獄吧
（中略）
即便如此　我仍要盡力去做
眼下我所能做的事
燃起心中之火吧
別認輸　別氣餒

炭治郎被「鬼舞辻・無慘」打成重傷，他在接受治療之後還是無法恢復意識。想要打倒無慘，就必須在日出前斬斷他的七顆心臟和五顆腦袋。然而，竈門家代代相傳、可以用來打倒無慘的「火之神神樂」第十三型招式，到現在炭治郎還無法掌握。他並沒有繼國緣壹（鬼殺隊核心成員、起始呼吸的使用者）或父親那樣的天分，甚至不清楚自己能不能活到天亮。一股不安突然湧遍炭治郎的全身。上述，便是他在險些迷失自我之際，依舊下定決心打倒無慘的心境。

炭治郎說出這段話時，已經假設自己將會步入地獄。明知如此，他還是要挺身迎戰鬼王。在強烈使命感的驅使下，讓他採取了行動。

因為相信著「盡全力去做目前能做的事」有助於實現最終目標，即便等著自己的是地獄，他也必須戰鬥……

當周遭發生問題時，你會有何種反應？是思考有沒有自己能幫上忙的地方，積極出手援助呢？還是盡量和危險拉開距離？事實上會發生各種情況，不能一概而論。有時雖然我們很想幫忙，不過幫了卻扯對方的後腿，靜觀其變反而才是最好的對策。

俗話說：「火中取栗。」就是有人願意做損己利人之事。換成職場，同樣也有許多工作需要從業人員冒著自身的危險去完成。例如：急難救助員、在化學工廠從事危險作業的人、在高樓大廈工作的建築工人等等。

那麼，這些人為何能果敢挑戰眼前的困難呢？

這是因為他們將心思集中於「目前我能做的事」，抑制了內心的恐懼之故。

感知危險就在身邊時，幾乎沒有人不會感到恐懼，那種感覺甚至如影隨形。

不過，有的人之所以能挺身踏入地獄，是因為他們只專注於眼下能做的事，並在心中為自己打氣：「別認輸！別氣餒！」因此，才能克服湧上心頭的恐懼。

你肯定也是懷抱著相同的心情，在面對自己的人生吧。

「盡全力去做目前能做的事」，請別忘了隨時保持這樣的熱情。

有時，你的行動會招致他人無心的一句話，或是引發他人在背後議論紛紛。

然而，你只要深信自己是正確的，就請貫徹到底。因為這將成為你拓展未來的突破點。

相信自己

—自分を信じる—

給笨拙的你

桑島慈悟郎

出處：第33話「儘管痛到滿地打滾也要往前」

お前はそれでいい
一つできれば万々歳だ
一つのことしかできないなら

それを極め抜け
極限の極限まで磨け

我妻善逸在和「十二月鬼下弦之五・累」的對戰中，他被累的蜘蛛哥哥逮住，中了蜘蛛之毒。儘管善逸性命垂危，他依舊提起精神去思考該如何逃脫。此時，他想起慈悟郎爺爺的重要教誨。善逸過去曾遭遇重大的挫折，雷之呼吸的六大招式之中，他只學會了一招。上述，便是從鬼殺隊的柱一職退下、變成「培育師」的慈悟郎，在訓練善逸之際所說的話。

你是可以輕鬆完成任何事的「靈巧型」的人，還是這也做不好、那也做不好的「笨拙型」的人呢？靈巧的人不僅能集中精神做自己的事，還可以照顧到旁人，擁有同時進行幾件事情的能力。因為什麼都會，在經驗豐富的情況下，大多深得周遭人的信賴。

不過，有句話叫做：「樣樣通、樣樣鬆。」

什麼都會的壞處是無法鎖定一樣深耕，反而容易喪失自己的特色。

每個人能練到登峰造極的能力有限，無論是記憶力、計算能力或體能，頂多就只有一、兩項吧？日本有許多職人、大師、人間國寶，擁有機械學不來的超凡技術。若問這些人是否樣樣精通、什麼都會？事實上倒也不是如此。大多數的人還是得窮盡幾十年的功夫，日復一日不厭倦地提升自己，才能習得今日的技藝。

做了一年、三年、五年，仍舊無法一窺要領、無法掌握手感，重複做了十年、二十年，漸漸就能領略到些什麼。然後，繼續堅持下去，鑽研到難以置信的程度……正因如此，那些人才會被譽為職人或大師，如此受人尊敬。

你應該也有花費了許多時間，專注於打磨一件事的經驗。

例如：小時候學過的才藝、國高中時代的社團活動等等，只要是持續做了好幾年，都可以算是，甚至是你一直在做的工作。或許你已經停下來不做了，但是只要有心，你隨時都能重新開始。

就算你沒有任何類似的經驗，只要有想做的事，請別猶豫立刻著手去做吧！

現在開始也不遲。沒有任何事會嫌太晚開始。

二、三十歲的人，可以一直鑽研到五、六十歲，就算年屆六、七十歲，也還有十幾二十年的光陰可以打磨。

千萬別說：「我自己沒有任何強項。」

舉凡，是你自然而然就會去做的事、輕鬆就能辦到的事，不久都將轉換成才華或優秀技術，為你帶來附加價值。

哪怕你自己沒發現，**你能夠一直持續做下去的事，就是你的強項。**

給做不出成果而焦急的你

胡蝶香奈惠

出處：番外篇

機會一旦來了

人的內心

就會開竅

別擔心

きっかけさえあれば
人の心は花開くから
大丈夫

香奈乎因為家境清寒被雙親賣掉，之後她被胡蝶香奈惠、胡蝶忍兩姊妹所救。然而，她來到胡蝶家後依舊沉默寡言。再也看不下去的忍，遂對姊姊香奈惠抱怨：「姊姊，這孩子太沒用了，不主動交代的話，她就什麼也不會做。」不過香奈惠完全不為所動，反而勸戒妹妹：「別這麼說嘛，姊姊最喜歡忍的笑臉了。」香奈惠不但察覺到香奈乎的內心，同時也體察到忍此番言語是出於擔心，為了不破壞忍和香奈乎的關係，才會如此提點妹妹。

再怎麼活潑開朗的人，都有可能在突然間就緊閉心房。原因是什麼很難判斷，或許是悲傷、憤怒，也有可能是出於絕望或失落。有時是出現連當事者也無法預料的事件，而讓他們下意識鎖上心房。也有人從小就不擅於表達情感，就算有心想做也不知該從何下手。

而且，改變並沒有想像中容易，必須有個契機才行。

如果有像香奈惠那麼溫柔的人守護在身旁，或許就能帶給人勇氣，讓人湧起想要突破這道屏障的念頭。若是沒有這樣的人陪在身旁的話，一個人真的很難辦到呢！

這樣的情況一久，就需要更多的心理建設才能跨越困難，跨出的第一步所需耗費的力氣也愈大。可是內心愈是傷痕累累的人，愈是欠缺精力和勇氣，眼前的屏障也會變得更巨大。

那麼，只有自己一個人去面對的時候，要如何跨越這道障礙呢？

首先，**相信自己的可能性**。請肯定自己，相信「我也有跨越屏障的力量」，不要過度焦慮，留給自己充分的時間。每個人的成長速度不一樣，根據身心狀況的不同，也會出現極大的差異。因此，請正確掌握必要的鍛鍊時間，一步一步朝著自己必須走的道路確實前進。

急功近利可能導致眼高手低，或是為了搶快而犧牲品質，這樣一來，一點意義也沒有。**急著往前但是自身的能力卻沒有跟上，就跟打「鬼」沒有打在要害上，結果卻反遭吞噬一樣。超越障礙是需要「時間」的，認知到這點才能順利向前。**

有每年開花的植物，也有間隔一年、數年、甚至數十年才開花的植物。對該植物來說，那就是最恰當的速度。人類也一樣。

內心的花蕾從含苞到綻放、從興起念頭到做出成果，每個人需要的時間都不同。

請相信：**「一旦契機出現，花苞必定會綻放。」**

將心力集中在自我鍛鍊上，同時在心中複誦著：「沒事的、沒事的。」多多鼓勵自己。

給優柔寡斷的你

竈門炭治郎
出處：第53話「你是」

なんで自分で決めないの？

炭治郎在胡蝶忍的宅邸結束機能回復訓練，臨別之際一一向幫助過他的人道謝。但是他向胡蝶忍的繼子香奈乎搭話時，對方卻一點反應也沒有，她甚至突然朝空中擲出硬幣，令炭治郎困惑不已。硬幣出現正面後，香奈乎只對炭治郎說了句「再見」，之後便毫無表示。炭治郎詢問原因，她回答：「除了指令外，其餘的事情我都沒意見，只能扔硬幣決定。」上述，便是炭治郎在聽完之後，反問香奈乎的一句話。

你是那種很快就能做出決定或選擇的人嗎？

我們經常可以聽到有人說：「訊息太多了，我無法做出正確的判斷。」

「我沒有意見，我看到什麼就相信什麼。」

如今是眾人皆可自由發言的時代，就算資訊來源相同，也有可能得出兩種相反的看法。究竟該以什麼作為判斷的基準，真的讓人很迷惑！

在資訊爆炸的現代，不讓自己被訊息牽著鼻子走的關鍵是什麼？那便是，**相信自己的直覺**。

信任自己的人，因為下判斷的速度快，一旦下定決心之後就能馬上行動。而高效率的行動力，往往也能帶來不錯的成果。

另一方面，不相信自己、容易被周遭影響的人，結果左右搖擺遲遲無法做決定，因而卡在原地的也不少。

或許有人因為不想失敗，才想著事先多做調查再來決定。不過，就算調查做得再多，最後選擇出錯了，吃了虧不說，甚至得繞彎路才能抵達正確的答案。

從結果來看，**兩者都是做錯選擇失敗了，可是愈早行動的人，就有愈多的時間重新修正**。

愛迪生曾說：「失敗的愈多，離成功愈近。」

他就算失敗再多次，還是相信自己，最終獲得了成功。

假設對你而言，不管結果為何，相信別人、將一切都交付出去就是幸福的話，那倒也罷了。可是，萬一結果不如人意，你又怎麼樣都無法接受的話，那就別再將自己人生選擇權交出去！

「相信自己，自己做決定。」

這樣的人生態度，正是能讓你免於被「鬼」操縱的第一步。

給為了別人努力而疲倦不已的你

你是
被上天選中的人
你能為自己以外的人
發揮無限的潛能

時透有一郎
出處：第118話「無一郎的無」

お前は
自分ではない誰かのために
無限の力を出せる
選ばれた人間なんだ

時透無一郎被「十二月鬼上弦之五・玉壺」的血鬼術「水獄鉢」所困，他在千鈞一髮之際接連反擊，總算勉強脫身。讓無一郎成功化危機為轉機的，是小鐵少年的搏命助攻。身負重傷的小鐵少年拜託他：「請你……守護刀……」讓無一郎回憶起了兄長有一郎臨死前告訴自己的一段話：「無一郎的無，是『無限』的『無』。」上述，便是無一郎回憶起這段往事時，哥哥向他表達的真實心聲。

你是否曾覺得，自己是被神選中的特別之人？

日本人非常謙虛，總覺得「自己做得到的事，別人也可以做得到」、「比自己厲害的人，大有人在」。

不過，倘若因為這樣忽略了自己的可能性，不是一件很可惜的事嗎？

那麼，怎麼樣才算「被上天選中的人」呢？

擁有「少數人才擁有的某種壓倒性的優勢」，的確可以說是「被上天選中的人」。

然而，就算沒有超乎常人的能力，就算無法直接帶給他人好處，只要你有你才能做得到的事、或是稍微比別人強一點的長處，這樣也可以算是「被上天選中的人」。

話說回來，其實無論人生境遇如何，所有的人都是「被上天選中的人」。

因為每個人的身上，都潛藏著無限的可能。你在無意間做出的小事，就有可能鼓舞了許多人、帶給許多人勇氣。

例如，在截至目前為止的人生中，相信多數人都曾經歷過：罹患重病、失戀、在職場受挫等等的苦難，大家克服了種種的難關才走到這一天。

你所經歷過的事，能給境遇類似的人帶來啟發，成為他們活下去的希望，引導他們重新振作起來的力量。這樣的經驗誰都有，差別只在於「有沒有說出來」而已。

人人稱羨的輝煌戰績，的確能帶給許多人激勵，不過這種經歷未免過於理想化，根本無法套用於一般普通人的人生。

所以，你也可以試著這麼想：

一步一步艱辛地往上爬、為了某人吃盡苦頭的經歷，是「被上天選中的人」才能做到的事。

請將目光縮小至「適合自己」的範圍，從中找出屬於自己的亮點吧。

因為人類在出生的那一刻起，就已經是被上天選中的原石了。

給苦於沒有過人之處的你

竈門炭治郎
出處：第172話「弱者的可能性」

最弱小的人能擁有最大的可能性

一番弱い人が
一番可能性を
持ってるんだよ

不死川玄彌在和「十二月鬼上弦鬼・黑死牟」的對戰中被對方砍斷身體，受了重傷。他愈是想要幫助同伴奮戰到最後一刻，他的身體愈是僵硬得無法動彈。眼看著戰友們各個武功高強，他卻只能對自己的弱小恨得咬牙切齒。就在這時候，玄彌想起和炭治郎一起時，炭治郎對自己說過的話。上述，便是炭治郎讓玄彌明白，強者也是有破綻的，弱者也有無限可能的一番話。

一旦論及勝負或競爭，就一定會有「強者」和「弱者」。

再加上強者是眾所矚目，看在其他人的眼中，想必身為強者是一件風光無限的事吧。

然而，一旦成為強者，就必須設法保住寶座，迎戰接二連三出現的強敵，周遭也會給你

壓力，實際上並不好受。

另一方面，弱者怎麼看都很吃虧，不過這並不一定是壞事。

因為弱者的成長空間是很大的。

弱者周遭的強敵和挑戰者比較少，若是有心向上升級的人，立刻就能闖關成功，更新紀錄的機會也比別人多很多。「弱小」，也就代表著還有機會變強。

「敵人的力量是有上限的，就看敵人如何分配戰力了。」

如同炭治郎所言，強者往往只看得到眼前的強敵，忽略了比他弱小的人。

因此，弱者一旦採取意料之外的行動，就有可能以小搏大。

玄彌想起炭治郎的這番話之後，吸收了敵人黑死牟的一部分，得到了黑死牟的力量。

接著，他趁隙偷襲，朝著黑死牟開出了致命的一槍。

面對力量強大、霸凌自己的對手時，你可能會覺得自己弱小到無能為力。

然而，**無論再怎麼強悍的人**，**一定會有弱點**。

倘若你能找到那個弱點，就能一口氣改變風向。

所以，無論何時，請相信自己到最後一刻，絕對不要放棄。

當你由弱轉強之際，勝利之門也會為你而開。

因為眼前的強敵，就是讓你變強的最好對手。

給將對不起掛在嘴邊的你

十三

竈門禰豆子

出處：第92話「蟲子廢物慢半拍的呆子」

為什麼你老是要說抱歉呢？

（中略）

沒有人可以事事順心

幸不幸福由自己決定

重要的是「現在」

どうしていつも謝るの？

（中略）

誰でも…何でも

思い通りにはいかないわ

幸せかどうかは自分で決める

大切なのは“今”なんだよ

炭治郎在與「十二月鬼上弦之陸．墮姬」和妓夫太郎的對戰中，同伴宇髓天元、伊之助、善逸，甚至是妹妹禰豆子，都戰到只剩最後一口氣了，炭治郎可說是被逼到了絕境。後來炭治郎失去意識，夢中禰豆子出現了，她要炭治郎改掉將失敗原因全歸咎到自己身上、只憑一己之力就想拯救所有人的想法。禰豆子這番話的背後，隱含了因為彼此是兄妹、是一家人，因此希望炭治郎能互相理解的請求。上述，便是妹妹為哥哥帶來力量、充滿兄妹之情的一段話。

你有動不動就道歉的習慣嗎？

日本人是有道歉癖的民族。這樣說起來，「道歉」究竟意味著什麼？

日文中的道歉寫作「謝る」（謝罪），單字拆開來看有「釋放」、「打招呼」的意思，因為「謝」讀音同「捨」字，所以也有「捨棄」之意。

原本道歉是為了保持雙方關係而存在的行為。然而，當道歉成了一種習慣之後，你在說對不起的時候，是不是就已經默許「捨棄某種東西」了呢？

下意識就將對不起掛在嘴邊的人，或許早就丟棄道歉的意義及價值了！

此外，道歉也代表「察覺」。一定是察覺到了什麼才道歉，否則也不用道歉。

舉個例子，有的人就算撞到別人也不會道歉，可能是他根本沒發現自己撞到人，要不就是沒有察覺到自己應該為這樣的冒失賠罪。

因此，動不動就道歉的人，在謝罪之前，必須先思考自己究竟察覺到了什麼。

還有是否因為急著道歉，反而放棄了某種更重要的東西。

假設你訂了一個很高的目標，結果沒有達成，無法做到答應某人的約定。

這時，你會採取怎樣的行動？雖然沒有完成目標，但是花費的努力並不會因此消失。

只要相信自己，繼續挑戰下去的話，仍有是機會可以完成。

但是要是你因此而道歉的話，就等於否定了你之前所有的努力。

無法達標或失敗的時候，我認為最要緊的不是道歉，而是感謝自己能有機會接受挑戰。

不管什麼時候，著眼於「現在」，繼續往前，是很重要的事。

擁有可以挑戰的「現在」，難道不是一種幸福嗎？

人類會因為一點小事，就覺得不幸或幸運，這完全端看你要採取哪種角度。

因此，你身邊若是有一起加油的夥伴，你更要突破現狀，勇於接受挑戰！

給被惡言惡語傷害過的你

產屋敷耀哉

出處：第124話「你這混帳，不要太過分了」

對自己的實力感到驕傲
那些說你壞話的人
都是害怕你的才能
羨慕你罷了

自分の強さを誇りなさい
君を悪く言う人は
皆　君の才能を恐れ
羨ましがっているだけなんだよ

鬼殺隊的「戀柱．甘露寺蜜璃」，十七歲時被相親對象揶揄：「會想跟妳結婚的，就只有熊、豬，或是牛了吧！」此後，甘露寺蜜璃便一直設法隱藏自己擁有特殊體質的事實。她開始質疑，是否這一輩子都得隱藏真實的自己：「原本的我所能做的事，不可以幫助到別人嗎？這樣太奇怪了，太奇怪了……」將甘露寺蜜璃救出困境的，便是上述這段產屋敷耀哉要她保持本我、以鬼殺隊的身分大顯身手的期許。

你有被別人妒忌或憎恨的經驗嗎？

或是你妒忌某人、憎恨某人的經驗呢？

若有人在背地裡說你壞話，就如同產屋敷耀哉所言那樣，你有沒有想過，其實對方只是

畏懼、羨慕你的才能罷了。

人見人愛的小嬰兒，無論做什麼都能被大家接受，絕不會招來妒忌、怨恨和羨慕。

因為沒有人想成為小嬰兒。

「羨慕」的反面，說穿了就是強烈的嚮往。

因此，若是有人說你壞話，你大可引以為傲。你之所以這麼努力，某種程度應該也是為了獲得他人的認可、被他人佩服。所以，你沒必要客氣，反而應該磨練實力，做到別人望塵莫及的程度。

俗話說：「外國的月亮比較圓。」美好的地方總是特別顯眼。

你一直以來的努力、為了維持現況所耗費的心力，旁人是看不見的。

知道當中辛苦的人，才不會羨慕，反而會覺得尊敬或崇拜。

「羨慕」說起來是一種負能量，然而當你超越極限、成為無法撼動的存在時，最終會將負能量轉變為正面憧憬。

到時，你應該已經立於不管別人說什麼都不為所動的頂峰了吧。

萬一，不管你再怎麼努力，都無法對自己感到驕傲的話，就請身邊親近的人列舉出你的各種優點。你可以從不同的人那裡，總結出你的長處。

請重新審視你的長處，把它當成自己的亮點，然後繼續打磨自己。

請培養出人人稱羨的實力，過著讓自己引以為傲的人生吧！

給認為不受上天眷顧的你

繼國緣壹

出處：第186話「古老的記憶」

這世界的一切事物是那麼地美好

光想到出生在這個世界上

就覺得很幸福

この世は　ありとあらゆるものが美しい

この世界に　生まれ落ちることができただけで

幸福だと思う

炭治郎在與鬼舞辻．無慘的戰鬥中身受重傷，瀕死之際他看到了祖先流傳下來的記憶。使用「起始呼吸」的劍士繼國緣壹，出現在他的眼前。繼國緣壹來到炭治郎家中，意有所指地說：「看到你們這麼幸福，我覺得很欣慰。看到幸福的人，自己也會覺得很幸福。」似乎有所體悟的炭治郎注視著繼國緣壹，緣壹仰望著天空，開始訴說內心的真心話。上述，便是他在這之後，緊接著低喃的話語。

繼國緣壹說：「這世界的一切是那麼美好。」對於自己出生在這個時代，你又如何看待？站在自然生態的角度，除非因為特別的原因被淘汰，不然這世界上一切的存在都是有意義的。舉個例子，雖然「害蟲」會對人類的生活產生「危害」，但是沒有牠們的話，生態系

會徹底崩潰，因此害蟲同樣是不可或缺的存在。對大自然來說，一切生物都是美麗的，都是必要的。

不過，對人類來說卻不是如此。因為人類有感情，某些人覺得「美好」、「幸福」的事物，看在某些人眼中則完全相反。可能光看事物表層就讓人覺得不美了，再加上從小的經驗、教育，或是心理創傷等等，無法覺得幸福也是有可能的。

那麼，何不試著換個視角呢？如同繼國緣壹說的：

「一切是那麼美好！」

「光是想到能出生在這個世界，就覺得很幸福。」

請用這樣的角度看待日常生活。

從小處著手，應該就會覺得日常生活、身處的世界，美得讓人覺得幸福吧？

宏觀無法看到的細微之處，當焦距調得愈近，就愈容易看見。

繼國緣壹的妻兒慘遭食人鬼殺害，就連想和家人平靜過日子的小確幸，他都無法獲得。

正因如此，繼國緣壹才會比別人更容易從小事之處感受到幸福！

一味追求幸福是無法獲得滿足的，因為幸福沒有邊際。

嘗過不幸的人，才能察覺幸福的可貴。愈是事事順心的人，愈難從小事裡感受到幸福感。

因此，請做個會為小確幸感恩的人吧！

知道比上不足、比下有餘的人，更容易從微小處感受到幸福。

給需要力量再踏出一步的你

煉獄杏壽郎

出處：第66話「在黎明死去」

你要抬頭挺胸活下去！

胸を張って生きろ

煉獄杏壽郎在與「十二月鬼上弦之參．猗窩座」的戰鬥中受到致命傷，而猗窩座也察覺到自身的體力已經到達極限了，再不逃走的話會沒命。此時，炭治郎對著猗窩座大聲怒吼，煉獄杏壽郎卻溫柔地勸誡他：「不要叫得那麼大聲，肚子的傷口會裂開，你受的傷也不輕。竈門少年死掉的話，就等於是我輸了。」

之後，煉獄杏壽郎將炭治郎叫到身邊，說：「最後，我再說幾句話吧！」他要炭治郎去自己的老家一趟。接著又說：「我相信你妹妹，我承認她是鬼殺隊的一員！」「為了保護人類，她賭上了性命和鬼戰鬥，不管別人怎麼說，她都是鬼殺隊的一員。」

上述，便是他說完這段話，將鬼殺隊的未來交託給炭治郎時所留下的遺言。

現在的你，是否過著抬頭挺胸的人生？

從未感受過煩惱、不會不安或低人一等，總是自信滿滿、昂首闊步的人，我想應該不多。

「活得抬頭挺胸」不一定和才華或實力呈現正相關。

若問才華洋溢或實力堅強的人，是否就活得抬頭挺胸，我想倒也未必。

有些煩惱是伴隨著才華和實力而來的。例如，絕不能失敗的壓力，或是高處不勝寒的孤獨感等等。旁人或許難以理解，然而不少人就是因為天賦異稟，才無法活得抬頭挺胸。

那麼，怎麼樣才能「活得抬頭挺胸」呢？答案是「自我肯定」。

所謂的「自我肯定」，就是能夠正面評價自己，認可自己的價值或存在的意義。換言之，正因為對自己有所肯定，才能「活得抬頭挺胸」。

那麼，怎麼樣才能加深自我的肯定呢？答案是，接受自己原本的樣子。

假如家人、老師、朋友、戀人等等，對你而言是不可或缺的存在，若他們能夠稱讚你、認可你，無疑是加深自我肯定最有效的辦法。然而，並非所有人被稱讚，都能自我肯定，有時因為壓力過大，反而降低自我評價。正因如此，我們也要肯定自己，「自己賦予自己活著的價值」。

煉獄杏壽郎在戰鬥結束後，對炭治郎等人說完：「繼續成長吧！我相信你們！」他便抬頭挺胸地迎向死亡。他那種昂首闊步走到人生最後一刻的姿態，讓炭治郎、善逸等一行後輩，興起再度修行的念頭。

請你也學習像煉獄那樣抬頭挺胸活著吧！

總有一天，會有人注意到你堂堂正正的人生態度，並且想要成為你的夥伴！

給被痛苦過去糾纏的你

不僅要否定幼年時期被灌輸的價值觀
還得置身於戰場
真的很辛苦
儘管懷抱著各種矛盾和糾葛
你還有你們
依舊
積極為了人類而戰

產屋敷耀哉
出處：第87話「集結」

自分を形成する
幼少期に植え込まれた価値観を
否定しながら
戦いの場に身を置き続けるのは
苦しいことだ

様々な矛盾や葛藤を抱えながら
君は　君たちは
それでも前を向き
戦ってくれるんだね

宇髄天元和「十二月鬼上弦之陸．墮姬」、妓夫太郎，三人展開了殊死戰。妓夫太郎的劇毒攻擊無法在宇髄天元身上生效，所以便妒忌他「打從一出生就很特別」、「擁有被上天選中的才能」。然而，這是因為宇髄出生於忍者世家，從小就培養出耐毒體質。事實上，在父親嚴格的訓練之下，宇髄天元在二十五歲前，便已失去七個手足，唯一存活下來的弟弟，也變成和父親一樣殘酷的人。上述，便是擁有悲慘過去的他，悲嘆著「不想變成（父親和弟弟）那樣……」時，產屋敷耀哉所給予的溫暖回應。

現在的你的樣子是由怎樣的過去所形成的呢？

那是在你幾歲、誰說了什麼話、發生了什麼事，所留下來的影響呢？

小時候，我們能力不足，為了學會多種技能，往往一接收到什麼就立刻嘗試，毫不猶豫將之吸收接納。

然而，從學生身分進入社會之後，雖然累積了人生經驗也養成了各種技能，不過吸收、學習的速度，卻漸漸地慢下來，我們變得不再那麼勇於挑戰了，無論做什麼都會躊躇再三。這和「價值觀」有著相當大的關聯。

如同產屋敷耀哉所言，遵從背離自我的價值觀行動，是相當痛苦的。一邊和前方敵人戰鬥的同時，一邊還得壓抑自我意志，抵抗隨時湧上心頭的矛盾和糾葛。特別是幼年時期被灌輸的觀念，在吸收力最強的時候內化成價值觀的基礎，長大成人之後想要改變，真的很困難。有時甚至會變成我們向前的枷鎖，在各方面阻攔著你。

另一方面，只要感受到是有價值的事，就算是成年人也會奮而起身採取相對應的行動。哪怕要離家數百里，甚至單身遠赴從未去過的國外！

這是因為，**人的內心，潛藏著強大的力量**。

或許你每天都過得很辛苦，想要逃離許多事情。現在就放棄戰鬥，就能從痛苦中解脫。不過，你依舊選擇了面對。或許你做得並不甘願，抑或是背後有著無可奈何的理由，但是更多的，是你的內心有著「想守護的事物、想守護的人」吧？

炭治郎等人參加鬼殺隊的原因都不一樣。但是他們都是為了「守護重要的東西」。宇髓天元在遇見產屋敷耀哉之後，得以守住自己的信念，克服了痛苦的過去。

請你也對自己多一點信心，持續更新自己的價值觀，掙脫過往的枷鎖吧！

給從小在嚴厲環境下長大的你

原諒我
無法溫柔地對待你
我總是力不從心
果然只有被選中的人
才能溫柔待人！

時透有一郎
出處：第119話「復活」

優しくしてやれなくてごめんな
いつも俺には余裕がなかった
人に優しくできるのも

やっぱり選ばれた人だけ
なんだよな

時透無一郎的哥哥「時透有一郎」，他的信念是：

「同情救不了別人，為了別人努力也不會有好事發生。」

「為了救別人而死的人，他說的話根本不值一聽。」

時透有一郎的態度非常刻薄。然而，這些話雖然難聽，背後隱含的意思卻是：「無論再怎麼善良，神明或佛祖也無法保護你，能夠保護你的就只有我。」這是時透有一郎身為兄長的責任感促使他這麼說。上述，便是時透有一郎在臨死前，對弟弟所做的懺悔及自省。

對你來說怎樣才算是「溫柔」？年紀、長相、聲音、態度、成長過程、有沒有夢想等等，可以判斷的依據很多，請試著詢問自己的看法。

我們很容易從表面上待人接物是否和和氣氣，來斷定一個人是不是「溫柔」。

然而，**真正的溫柔，是為他人著想。為了他人著想而採取行動**。

什麼都幫你打點好，不一定就是真正的溫柔。這樣的溫柔，有時阻礙人的成長。

溺愛，就是最好的範例。

人要有能力判斷，好聽的話語和親切的態度，到頭來究竟是為了誰而做。

如此一來，你就會發現溫柔的人，其實並不是真正的溫柔，不夠溫柔的人，其實才是真正的溫柔。

或許你身邊也有說話難聽、態度嚴厲的人。

這種時候，請仔細觀察他是「為了誰」才這麼做。

多給彼此一些時間，稍微拉開距離，冷靜地審視對方。

對方可能有心對你好，但是因為力不從心，所以適得其反。

有時我們理智上明白，但是情感上卻做不到。

因為小鐵少年託付時透無一郎守護刀，他才想起嚴厲的兄長溫柔的那一面。於是，無一郎察覺到自己是如何被兄長慎重地養大，也意識到自己的可能性，緊接著而來的，「一旦明白自己是誰，所有的迷惘、困惑、焦躁都會跟著消失」，終於讓他成功打倒了敵人。

如果你也能想起自己是在善意下被養大的，或許就能找到真正的自己。

永不放棄

—あきらめない—

給經歷過重大挫折的你

不管被自己的懦弱和不中用
如何打擊
都要咬緊牙關
勇敢的走下去

煉獄杏壽郎
出處：第66話「在黎明死去」

己の弱さや
不甲斐なさにどれだけ
打ちのめされようと

心を燃やせ
歯を喰いしばって
前を向け

煉獄杏壽郎在與「十二月鬼上弦之參・猗窩座」的對戰中身負重傷，他自知生命已經走到盡頭。他對著炭治郎、伊之助、善逸三人，開始訴說起自己對家人的關心、身為柱所肩負的責任，以及自己對他們的期望。他說：「不用在意我的死，身為柱，保護後輩是天經地義的事，（中略）我不能讓新芽被摘掉。」直到最後，煉獄杏壽郎都還是牽掛著後輩。上述，便是他表明即便要將自己的性命當成跳板，三人也在要在滅鬼的路上繼續前進時所說的話。

在每個人的生命中，想必都曾經歷過重大挫折和失敗！有人遭受的挫折可能不只一次。搞不好，此刻就有人正面臨重大失敗或挫折，掙扎著想要爬起來。

或許你正為了自己的軟弱沒用感到憤慨，也許責任不在你身上，但是失敗的懊惱卻依舊

折磨著你。

無處發洩的苦楚不停地回到自己身上，讓你痛苦地自問著：「為什麼、為什麼、為什麼……」

究竟要怎麼做才能從痛苦的谷底爬出來呢？

請你：**盡全力燃起內心熊熊的鬥志，激勵自己，咬緊牙關也要擠出力量。**

好不容易站起來以後，為了不再被打倒，請一邊踩穩腳步，一邊小心翼翼一步步前進。

有的人因為痛苦得太久了，開始覺得自己微不足道，或是長期被孤獨感包圍下，自認為這世上只有自己才會如此痛苦不堪。

事實上，大家都一樣。每個人都有自己的苦惱，只是周圍的人看不見而已。

或許你現在孤軍奮戰，然而你不會永遠都是一個人。你在前進的路上，會出現抱持著和你一樣想法的人、或是需要你的人。

所以，你愈是痛苦的時候，愈是要繼續向前，勇敢地踏出那一步。

不管被打倒幾次，請你都不要停下來，朝著既定的目標繼續前進，直到那個瞭解你的痛苦、陪伴你一起前行的人，出現為止。

煉獄杏壽郎能夠遇到炭治郎等人，對他們說出肺腑之言，並非偶然。因為炭治郎等人從未停止前進，才有機會和這些話語相遇。

唯有動起來，你才會遇到各種人和事。而那些人事，將會成為你超越挫折的最強後盾。

給總是交給別人處理的你

富岡義勇

出處：第1話「殘酷」

生殺与奪の権を
他人に握らせるな!!

炭治郎的家人慘遭鬼王「鬼舞辻．無慘」殺害，他揹著唯一生還的妹妹禰豆子，欲向外界求救。然而，鬼化的禰豆子卻在中途甦醒，她齜牙裂嘴想吃掉炭治郎。此時，鬼殺隊的富岡義勇現身，打算除掉禰豆子。上述，便是炭治郎懇求著「請不要殺我妹妹！」時，富岡義勇所說的話。

「為什麼他在遇到危機時，依舊可以泰然自若呢？」你對某人是否有過這種感覺？你身旁是否有著即便遇到困難、遇見讓人下意識想逃跑的狀況，還是能成功撐到最後一刻的人？或是前景愈不明朗就愈有幹勁的人？

這種人就算被逼到絕境也能堅強面對，他們的身上都有一個共通點，那便是：**勇於對自己的人生負責**。

有責任感的人，不怕面對現實，並勇於採取相應的行動。所謂的「負起責任」，不僅指將事物執行到最後，還必須勇於承擔後果，回顧自省時，將該次經驗活用於下一次。想要做到這一點，還得具備能夠坦然面對嚴酷現實的覺悟。

此外，**負責任的人，必須具備調節壓力的能力**。肩負過多的責任，極有可能逼死自己，或是被迫承擔他人的風險，最後招來負面結果。真正的負責，是認清「自己的責任範圍」，坦然面對現實。

富岡義勇所說的「生殺大權」，是指對他人「放生」或「殺害」的權利。炭治郎對富岡義勇下跪求饒，義勇卻將殘酷的現實擺在他眼前，告訴他弱者沒有選擇權，因此要對自己的人

生負責，盡到自己應盡的義務。

炭治郎受到富岡義勇這番話的刺激，終於拿起武器攻擊義勇。這個行動，可視為弱者炭治郎所跨出的一大步。

和強者狹路相逢、身陷絕境之際，任誰都會露出害怕、無防備的那一面。愈是溫柔的人，也許愈難提起勇氣採取攻勢。炭治郎那種溫柔對待一切的個性，的確是很美好的性格。然而當來到人生的緊要關頭時，我們絕不能將自身的權利雙手奉上。

當你像炭治郎一樣被逼到絕境而無法動彈的時候，請想起富岡義勇說的：

「不要悽慘地求饒！」

請為自己打氣，勇於面對挑戰！

給遇到困難就想逃避的你

桑島慈悟郎

出處：第33話「儘管痛到滿地打滾也要往前鬼」

痛哭也好
逃避也罷
不過，千萬別放棄
你要相信那些地獄般的鍛鍊
努力一定會有回報

泣いていい
逃げてもいい
ただ　諦めるな

信じるんだ
地獄のような
鍛錬に耐えた日々を

我妻善逸在與「十二月鬼下弦之伍・累」的兄長對戰時，因為中毒導致四肢痲痺，即便如此，他還是努力鼓舞自己。最後將善逸救出絕境的，是他與爺爺的一段回憶。不管爺爺教再多次，善逸就是無法學會全部的呼吸招式，因此爺爺用刀「鏘！鏘！鏘！」敲打善逸的頭，期許他成為「比誰都強韌的刀」。上述，便是爺爺為了將動不動就想逃避的善逸鍛鍊成柱，努力找出他個人的亮點之餘，也在在善逸重複犯錯中，督促他成長所說的話。

你是否有下意識就想逃跑的痛苦經驗？

其中應該有不少是「每日地獄般的鍛鍊」吧！像是運動之類肉體疲憊，或是課業之類的精神折磨。過了青春期之後，想必有不少我們想逃也逃不了的事情。或許當時的情境，已經

沉入記憶深處消失得無影無蹤。相反的，也有可能因為太過沉重，於是持續積壓在心底。

在鍛鍊到最辛苦、或是剛開始鍛鍊的時候，你可能會心想：

「這麼做有什麼用？」

「為什麼非得做到這種地步不可？」

搞不好還有人會一直耿耿於懷：「都是因為那段經驗才害得我……」

不過，**每日的地獄鍛鍊帶來的附加效果，會在將來成為你的加分項目**。而且至少要等到過了一段時間之後，你才能感受到其影響之大。

如同樹木的年輪，人類也是在累積各種經驗之後，才漸漸地形成今日的自己。

我們都是由內在的自我和外在的影響建構而成。

若硬是將外在的影響摻進內在的自我，長久在這樣的環境下成長，年輪就會變得又細又長；若內在的自我一邊反彈外在的影響、一邊成長，年輪就會變得又大又粗。

人類和各式各樣的人相遇、經歷很長的時間之後，才能成長。

鍛造刀子需要用大鎚子敲打，才能幫助刀子塑形，用小槌子敲打能讓刀身變直。通過這些過程，刀子才會變得強韌又銳利。

若想變強的話，請花時間將自己鍛鍊到登峰造極的地步吧！

如同高純度的鋼刀那般。

給欲速則不達的你

冷靜下來！
不要慌張
絕對不能
放棄思考!!

竈門炭治郎
出處：第150話「察覺」

落ちつけ!!
考えろ焦るな
絶対に思考を放棄するな

富岡義勇在和「十二月鬼上弦之參．猗窩座」對戰時，他的額頭上出現了印記。儘管富岡義勇的招式更快，然而猗窩座卻總能將速度提升得一樣快。在猗窩座身上耗費愈多時間，對身為人類的富岡義勇來說，就愈不利。此時，炭治郎絞盡腦汁思考著猗窩座的絕招「鬥氣」，有何含意？怎麼做才能給予猗窩座致命的一擊。上述，便是他在這個當下所說的話。

現代社會瞬息萬變，我們每天都得面臨艱難的抉擇，幾乎是一遇到問題，當下就得做出判斷。對比周遭的情勢，焦躁的氣氛往往會使人急著下結論。

為了充實自己的工作和生活，我們用心訂定了許多計畫，卻鮮少有完成的。

一來一往之際，目標還沒達成，一年就結束了……

有幾個計畫，甚至好幾年都沒碰過，讓人焦急不已……

同樣的情況幾次下來，不但讓人喪失自信，還會對自己感到非常失望。

有些人連續遇到幾次小挫折，就覺得失去了歸屬，對未來無法抱持任何的希望。

事情進展不順利的時候，打破瓶頸的唯一辦法，就是「永不放棄思考」。

一旦放棄思考，除非奇蹟發生，否則狀況並不會有任何改變。

儘管痛苦，然而解決之道，就是思考、思考，再思考。

然而，一旦敗給恐懼、讓焦急的心態蓋過我們的知識或智慧，人就會想不出什麼好辦法了。有個笑話是這麼說的：明明門一推就開了，你卻拚命用力拉，難怪你無法從房間出去。失去冷靜的思考，等於在錯誤的路上奔跑，最後很可能犯下連自己都無法相信的錯誤。

關鍵就在於，愈是心急的時候，就愈需要冷靜。

從眼前的問題往後退一步，從俯瞰的角度審視自己。

因為心急就放棄動腦，最後只會讓人步上錯誤的道路。

只要不放棄思考，肯定會有答案浮現。直到最後，請你別放棄動動腦。

如同炭治郎的父親所言：「絕對不要放棄，要持續思考，只要持續努力，總有一天可以突破高牆。」

給臨陣退縮的你

二三

胡蝶香奈惠

出處：第142話「蟲柱・胡蝶忍」

既然決定打敗他
那就去打敗他
既然決定要贏
就必須贏

倒すと決めたなら
倒しなさい
勝つと決めたのなら
勝ちなさい

胡蝶忍為了替死去的姊姊胡蝶香奈惠報仇，她單槍匹馬和「十二月鬼上弦之貳．童磨」展開對決。不過她遲遲無法砍下鬼的首級，導致戰況陷入了膠著。敵人「十二月鬼上弦之貳．童磨」一針見血指出她的弱點：「其實妳的速度這麼快，早該獲勝了。啊——但那是不可能的事，因為妳太嬌小了！」面對殘酷的現實，胡蝶忍大為受挫，她開始懷疑自己是否贏得了「十二月鬼上弦之貳．童磨」。此時，姊姊胡蝶香奈惠的幻影出現在她的眼前。

胡蝶香奈惠對著被童磨砍成重傷無法起身、差點就放棄戰鬥的妹妹大聲斥責道：

「不許哭！」

「忍一定可以做到！」

上述，便是擔心妹妹再消沉下去會被童磨打敗的香奈惠，以強勢口吻激勵妹妹時所說的

話。

人們在認真迎戰的時候，應該沒有人是懷抱著搞不好我會輸的心情下場。無論對手再怎麼強，既然決定一戰，氣勢上當然就覺得「我會贏」。

然而，隨著戰況愈演愈烈，倘若風向漸漸對己方不利，有時下意識便會心生怯意。愈是這種時候，你愈要緊記著：「執著勝利」。

站在一爭輸贏的擂台上，「執著勝利」是很常被提起的概念。

當我們被逼到絕境的時候，如果還能堅持求勝，往往就能催生出莫大的致勝力量。能讓人如此心生執著的，便是這股「我決定要贏」、「我決定要打敗對方」的堅定意志。

炭治郎、柱等人的額頭上出現印記之際，也是打倒敵人情緒最高漲的時候。

「光憑自己的實力可能贏不了……不過運氣好的話，或許可以獲勝。」諸如此類的意志。沒有一個劍士是靠運氣上戰場。戰場上不是你死就是我亡，沒有獲勝意志的人絕對贏不了。

前美國總統林肯（Abraham Lin Coin）曾說過：「目標對了，就已經成功了一半。」據說，成功者是打從一開始就決定要成功，所以才成功的。

因為求勝心旺盛，一旦機會造訪才能牢牢地把握。既然決定要贏，那麼無論發生什麼事，我們都不能放棄。既然都能下定決心了，那麼就沒有辦不到的事。

當你決定一定要贏的那一刻，內心自然會產生能量。當能量擴散至你的周邊，就會吸引志同道合的夥伴。如果你已經決定非贏不可，就請拿出非贏不可的氣勢吧！這樣的氣勢將能助長你的力量，讓你變得比強者還要更強。

給就是不敢下場挑戰的你

竈門炭治郎
出處：第103話「緣壹零式」

你還有未來
為了十年、二十年後的自己
現在非努力不可
現在做不到的事情
總有一天你會做到

君には未来がある
十年後二十年後の自分の
ためにも
今頑張らないと

今できないことも
いつかできるようになるから

刀匠學徒小鐵少年，被時透無一郎搶走了家族世代相傳的「戰鬥用機關人偶」啟動鑰匙。時透無一郎轉眼就攻破了機關人偶，並砍斷它的一隻手臂，人偶無法運作後他便飄然離去。小鐵少年自覺沒有鑄刀或修理人偶的天分，他一想到機關人偶可能在自己這一代斷絕，不由得感到絕望不已。上述，便是小鐵少年爬到樹上打算逃避現實，炭治郎作為人生的前輩，溫柔規勸他時所說的話。

你的人生展望已經規劃到幾年之後了呢？為了完成目標，目前你又做了哪些努力？

「總有一天我想嘗試……」

「總有一天我想完成……」

你是否曾這樣想過呢？

為了讓妹妹禰豆子變回人類，炭治郎接二連三擊退食人鬼，短時間內殺鬼功力急速成長。哪怕提早一分一秒也好，他都想讓妹妹立刻變回人類，加上自己隨時都有可能喪命，迫切的危機感，便成了炭治郎持續前進的最大動力。恐怕他是這麼告訴自己的吧：「就算我現在辦不到，遲早有一天我一定能辦到！」炭治郎才能無畏失敗、勇往直前！

就像炭治郎那樣，迎戰然後受傷，受傷就休息，蓄精養銳後，再回到戰場。

我們想要達到某種成就，唯一能做的就是跌倒了再爬起來，愈挫愈勇。

所謂的挑戰，就是比現在的自己更前進一步。若是遇到前進一步、後退兩步的情況，也請懷抱著「總有一天我會做到……總有一天我會做到……」的心情，繼續前進。

能夠不斷地重新站起來，也是一種前進。

或許你的目的地並不在十年、二十年後，而是短期內就必須完成。

身為人我們無可避免都會老去，就連現在這瞬間，也是一刻不停地朝著未來邁進。時間不等人。想要早點抵達目的地只能加快速度，也難怪我們心中急著想要快一點、再快一點。

不過，羅馬不是一天造成的。急著將眼光放得太前面，很容易就忽略了當下。

因此，你該做的不是加速，而是腳踏實地地前進。決定好自己想完成的事、想挑戰的事，然後珍惜現在，一步一步地累積。

未來是由無數個現在所構成的。為了將來的自己，請著眼於現在，好好地努力吧！

給不被認可不甘心的你

二五

我的熱情才不會被這種事澆熄！
內心的火是不會消失的！
我絕對不會打退堂鼓！

煉獄杏壽郎
出處：第55話「無限夢境列車」

そんなことで俺の情熱は無くならない！
心の炎が消えることはない！
俺は決して挫けない

煉獄杏壽郎在無線列車遭受「十二月鬼下弦之壹・魘夢」的幻術，讓他陷入了沉睡，他夢到自己剛成為柱那時候的事情。他向父親報告自己當上了柱，不過以前也是柱的父親，不僅不為兒子的成長感到開心，反而還潑他冷水：「成為柱又如何？無聊……一點都不重要，反正也成不了大器，你和我都是。」正當煉獄杏壽郎難過得不得了時，弟弟千壽郎跑來問他：「父親有為你感到開心嗎？如果我也當上柱的話，父親就會認可我嗎？」上述，便是煉獄杏壽郎為了鼓舞弟弟，使勁全身力氣才說出來堅強話語。

你現在正為了什麼樣的事燃燒著熱情呢？

有沒有讓你特別執著、特別惦記的事件發生呢？

而點燃「火種」的焰火，又是從何而來？

每個人都會對不同的事情產生熱情，關鍵就在於：「熱情不熄，持續燃燒。」

持續燃燒需要燃料，或許你用愛發電，也可能透過外界補充。

不管如何，能夠產生熱情，其實也是你努力不懈所得來的成果之一。

有時候，你的熱情可能差點就被某人澆熄。不過，除非你自己不再補給燃料、不讓火焰繼續燃燒，否則熱情的火焰不會那麼容易就熄滅。

相反的，當你熱情不再，導致火焰岌岌可危，此時就算外人企圖補給燃料、讓火焰持續燃燒，火焰依舊會消失。因為，**能夠控制內心的火焰的人，只限你本人。**

萬一你遭遇某種挫折導致熱情的火焰就要消滅了，請想起煉獄杏壽郎的這番話。

即使不被他人認可，你本身也不會有任何改變。

如果不是你自己能解決的事，那就停止向下思考吧。

與其苦思著沒有答案的問題，不如將自己的使命放在第一順位，向自己保證「我絕不氣餒」。

接受自己，自行補給燃料、繼續前進，這才是最重要的事。

就算是你的父母、老師、前輩們不認可你，肯定也會有支持你的人出現。

就算不是近在眼前，他們肯定正在某個地方看著你。

只要你內心的火種不熄、繼續努力前進，那個人遲早會出現在你的身邊。

請不要氣餒，繼續前進吧！

給似乎就要輸給自身軟弱的你

竈門炭治郎
出處：第93話「絕對不放棄」

諦めるな諦めるな
諦めるな!!!
喰らいつけ最後まで!!

不要放棄
不要放棄
不要放棄!!!
緊咬著不放堅持到最後一刻!!

炭治郎一行人戰鬥到渾身浴血，總算將「十二月鬼上弦之陸・墮姬」、妓夫太郎逼到絕境，只差一步他們就能打倒敵人。戰況陷入膠著，眼看眾人的體力快要用完，為了盡快打倒墮姬兄妹解救同伴，鬼殺隊成員無不卯足了全力。炭治郎明明有大好機會砍斷妓夫太郎的首級，然而他卻在得手前被反將一軍。上述，便是炭治郎告訴自己：「只差一點……只差一點了……」他在持續攻擊殺人鬼頭部時的心聲。

你有沒有那種心中彷彿沉了一塊大石頭，怎麼樣都無法消除的重大後悔？

那是什麼時候發生的事、又是怎樣的情況呢？

如同「不要贏了戰役，卻輸了戰爭」這句話，雖然炭治郎一行人打贏了下弦鬼與上弦鬼，不過也失去了無數個同伴。

就滅鬼這方面而言，能夠戰勝下弦鬼與上弦鬼，的確可喜可賀。

不過為此犧牲同伴的話，比起喜悅，更多的是後悔！

「後悔」二字如同字面所示，必定發生於事件之後，而非之前。

大多數的後悔，恐怕都是來自於當事者的遺憾。

無論再怎麼痛苦難過，還是得咬緊牙關戰鬥，結果最後居然輸了。堅持到最後一刻，也獲勝了，不過卻付出了莫大的代價。正因為沒有半途而廢跑完全程，留下的遺憾也更多。

有得必有失，甚至得犧牲什麼來換取。換言之，贏了，還是會後悔。

即便如此，不，正因如此，我們絕對不能放棄。**倘若不是一次又一次、緊咬著牙關不**

放，堅持到最後的最後，勝利就不會從天而降，我們也會失去不想失去的東西。

人，是無法回到過去的。

回顧過往人生，諸如：「如果那時候○○○的話……」有些人可能在腦海裡浮現幾件後悔的事情。然而不管你怎麼後悔，事情都已經發生，不會消失不見。

若你現在正為了某件事而感到後悔，請將不想重蹈覆轍的遺憾化為動力，好好鍛鍊自己，從無到有，一心一意完成某件事吧！完成某件事所帶來的成就感，可以讓我們產生自信。而那份自信，將協助你磨練出有志者事竟成的堅強意志。

過去是後悔，放眼未來可以成為你的力量。

給失去希望的你

二七

產屋敷耀哉

出處：第108話「時透謝謝你」

總之只要想著如何活下去
只要活著就有辦法
（中略）
不要錯失任何契機
微不足道的小事將成為起點
將你腦中的迷霧
徹底驅散

とにかく生きることだけ考えなさい
生きてさえいればどうにかなる
（中略）
きっかけを見落とさないことだ

ささいな事柄が始まりとなり
君の頭の中の霞を鮮やかに
晴らしてくれるよ

時透無一郎的父母雙亡，他和哥哥相依為命，最後連唯一的親哥哥也慘遭食人鬼襲擊，離開了人世。時透無一郎陪伴著哥哥的遺體昏迷許久，之後他被產屋敷耀哉派去的人所救，在產屋敷的宅邸恢復了意識。然而，當他知道自己因為哥哥被鬼殺死的打擊太大而失去記憶時，整個人陷入了恐慌。上述，便是明瞭一切的產屋敷耀哉，希望時透無一郎能好好養傷時所說的話。

你曾經迷失過嗎？

支撐著自己的巨大柱子斷了一根、兩根……漸漸地就連用自己的雙腳站立起來也辦不到，不知不覺間全身的力氣都被抽乾了，完全使不上勁。

討厭所有的事情、覺得自己會變成怎樣都無所謂了、甚至痛苦到想要放棄生命。就算你不曾有過類似的經歷，將來也有可能陷入這樣的絕境。

痛苦到再也活不下去的時候，如果能有產屋敷耀哉那樣的人陪伴在身旁，或許就能讓我們萌生振作起來的力量。然而，事實上，這樣的案例並不多，絕大部分的人，還是得靠自己的力量站起來。

那麼，靠自己站起來的關鍵是什麼呢？

首先，**「總之，只要想著怎麼活下去就好。」**先活下去，延續生命。

人得活著，才有後續。想要拋棄一切的時候，能夠幫助你的最根本的力量，就是生命力。

夢想或希望也能帶來力量，然而那些並不足以支撐下去。

「只要活著就會有辦法。」在戰爭時期，紛爭頻傳、環境惡劣的地區，每天都有許多人死去，不過日本並非如此。只要你選擇活著，就能存活下去。

當然，找回自己的心、修復傷口，都是需要時間的。

我們只是普通人，既不是食人鬼，也非擁有特殊能力的鬼殺隊，我們需要時間才能復原。

所謂的生命力，如同字面所示，是公平存在於每個人身上的力量。

為了活下去，我們就算什麼都不做，傷口也會自動癒合。請不要焦急，專心修復傷口吧！

在恢復的過程中，一點點的小事就能開啟契機，讓你重新積蓄力量。

之前你被濃霧籠罩的封閉視野，也會慢慢地、慢慢地打開，讓你看見遠方的光。

給曾經出過大錯的你

竈門炭治郎
出處：第103話「緣壹零式」

自分にできなくても
必ず他の誰かが
引き継いでくれる

次に繋ぐための努力を
しなきゃならない

小鐵少年出身自刀匠世家，家族世代守護著江戶時代流傳下來的戰鬥用機關人偶。小鐵少年自認沒有鑄刀和操縱人偶的天賦，他哀嘆著繼承而來的寶物將葬送在自己手上。儘管炭治郎安慰他要放眼未來，努力去做自己能做的事，小鐵少年卻淚眼哭訴著：「我沒有用，這一切都會因為我的無能而宣告終止。」他開始變得自暴自棄。上述，便是炭治郎鼓舞小鐵少年不要放棄、抱持希望、勇敢向前行時，所說的話。

截至目前為止，你是否有過中途失敗或受挫的經驗？

因為受傷不得不退出社團比賽；雖然想當音樂人，卻因為經濟問題不得不放棄。或是找不到人手繼承家業，不得不在你手上結束上一代傳下來的家族事業。

在日本，據說有許多傳統文化正面臨衰退或將消失。

你身邊可能也有耳聞，甚至自己就是當事者，因為某些問題，受到挫折或必須中斷。

鬼殺隊的當家產屋敷耀哉，一出生便注定要繼承家業，儘管他本人也有那個意願，無奈出師未捷身先死，最後他被迫半途離場。

「中斷」、「受挫」乍聽之下，似乎帶有否定的意味，然而事實並非如此。

如果你能堅持到最後一刻，同樣能從束縛和重壓之中解脫得到暢快感。

只要你肯努力傳承下去，一定會有適任者、有能力的人出現。

因為你想要流傳下去、想要傳承下去的強烈意念，將吸引適合的人選來到你的身邊。

無論遇到什麼情況，都請將你的意志、想法傳承下去。

為了不讓一路以來累積的努力與經驗白白浪費，你絕不能中斷「想要傳達下去的努力」。有形的形式也好，無形的傳述也罷，總之你絕不能怠惰。

如此一來，不但你自己被拯救了，還有餘裕培育下一代，讓歷史不斷絕。

而這也是回應培育你的人，最好的回報。

肆之型

愈戰愈強

—強くなる—

給害怕失敗的你

二九

這不是做不做得到的問題 而是必須做到才行

胡蝶忍

出處：第143話「憤怒」

できるできないじゃない
やらなきゃならないことが
ある

胡蝶忍為了拯救更多的人，她使出全身的力氣想要打倒「十二鬼月上弦之貳・童磨」。「就算我的力量是那麼地微薄，就算我無法砍斷鬼的頭，但是只要打倒一隻鬼，就能拯救幾十人，若是打倒上弦的話，還能拯救幾百人。」基於這樣的信念，胡蝶忍勇敢地與「十二鬼月上弦之貳・童磨」對峙。上述，便是胡蝶忍的肉體差點被童磨吸收前，她超越自身極限給予對方最後一擊時的心聲。

你是否有過這樣的經驗？

還沒開始挑戰前，擔心自己做不到、或求好心切，所以遲遲無法踏出第一步。

這種時候，**請好好回想自己「非做不可」的理由或使命**。

因為這樣的理由或使命，將帶給我們勇往直前的力量。

工作方面「想留下最頂尖的業績」、課業方面「想得到高一點的分數」、「想要出名」，都是我們「非做不可」的理由之一。甚至是「我想幫助有困難的人」這類巨大的使命，也能成為我們「非做不可」的動機。重點並不在於格局的大小。

如果你找不到這樣的理由或使命，也不用在意。人只要活著總會發現，到時候再完成就可以了。假設你在中途發現有哪裡出錯了，請回想當初為什麼認為這麼做是正確的，保持這樣的動機即可。不要焦急。先有這樣的心態或信念，才是關鍵。

只不過，如果你每天過得渾渾噩噩、欠缺思考的生活的話，是無法找到「非做不可」的理由或使命的。

炭治郎、善逸、伊之助等人，因為想當上柱因此辛苦地鍛鍊。**先有目標，繼而行動，做著做著的時候，自然而然就會產生非做不可的強烈使命感。**就連個頭嬌小的胡蝶忍，也是在長年的鍛鍊下，才能在她的肉體差點被童磨吸收的千鈞一髮之際，使出渾身解力給予對方致命的一擊。

如果你已經有明確「非做不可」的使命，那真的是非常棒的一件事。還沒發現使命的人，請務必藉此機會好好的思考。你的目標是什麼呢？那個目標是「非做不可」的事情嗎？如何改變目標進而昇華成非做不可的使命呢？

萬一，你找到了自認為「非做不可」的事，卻因為個性膽小而不敢採取行動，請抱持著「就算失敗，也不過是過程」的心境，勇敢接受各種嘗試吧！

比起「做不到」，「不去做」的損失，還更大。

給容易後悔的你

什麼都不必擔心
我們隨時都可以
心無牽掛地
告別人世

繼國緣壹
出處：出處：第175話「後生可畏」

何の心配もいらぬ
私たちは　いつでも安心して
人生の幕を引けば良い

隨著戰鬥益發白熱化，「十二鬼月上弦之壹・黑死牟」的脖子被鐵球和斧頭夾擊，他一邊嚎叫著一邊想起某段往事。當「十二鬼月上弦之壹・黑死牟」還是人類的時候，他的名字叫繼國巖勝，也是「起始呼吸」使用者繼國緣壹的哥哥。黑死牟擔心後人實力不足，不足以繼承他們家的呼吸招數，弟弟繼國緣壹便對他說：「我們沒有那麼偉大，只不過是人類漫長歷史中一顆小小的塵埃。」上述，便是當黑死牟不發一語注視著弟弟時，繼國緣壹對兄長所吐露的真實心聲。

你是否已經準備好人生隨時都能劃下句點？

你是否努力著將還來不及完成的遺憾降到最小，就算人生在這一刻結束也無憾？

若想減少人生的遺憾，有一個有效的辦法是：設定時限。

你認為自己在幾歲的時候，人生會自然地落幕？請試著想像具體的年紀，而不是「大概值」。然後，從那個年紀往回推，算算還有多少時間能運用在自己身上。一旦將壽命化為具體的數字，突然間每一分每一秒都會變得很可貴，可能因此讓你感到不安或恐懼。正因如此，才要大家做出具體的想像。

當旅行或演唱會的日期敲定之後，我們便會朝著那個時間點提前做各種的準備。人生也一樣。一旦將壽命數字化，我們應該就能具體思考，往後的人生要做什麼、非做不可的事又是什麼。

對多數人而言，在沒有任何施壓的情況下，就能過著自律的生活，但這件事其實沒有想像中那麼容易。正因如此，我們才要主動設定人生的句點，也就是人生的時限。

繼國緣壹認為：「人類原本就是渺小的存在，你我並沒有任何不同。」

所以，你沒必要悲觀。只要踏實地做好「現在」，將來必定會出現各種的可能。

繼國緣壹知道自己還能活多久，並且不與他人比較，坦誠地面對生活，所以才能說出這番話。面對人生，繼國緣壹已經做好心理準備，態度積極，但也不忘妥協。

知道自己的極限，對自己的人生負責。一旦做好心理準備，便不會因為不安而動搖，也因此才能到達不留悔恨、人生隨時都能劃下句點的境界。

請你也抱持這樣的覺悟，誠懇地面對自己，學習像繼國緣壹那樣無悔地走在人生的道路上吧！

給決定回應同伴需求的你

竈門炭治郎
出處：第113話「紅刀」

俺に力を貸してくれる
みんなの願いは　想いは
一つだけだ
鬼を倒すこと
人の命を守ること
俺はそれに応えなければ!!!

炭治郎與「十二鬼月上弦之肆．半天狗」展開殊死戰，他在戰鬥中失去了意識。雖然禰豆子率先甦醒過來將他救了出來，不過他們所處的建築物遭到破壞瞬間倒塌，禰豆子也被磚瓦壓得無法動彈。炭治郎對禰豆子說：「我不會見死不救！」聽到這句話的禰豆子用力握住炭治郎的刀子，任由鮮血從她的手中流出，讓刀子變成了「爆血刀」。炭治郎見狀後，想起了過去曾幫助他的人。上述，便是炭治郎決心打倒半天狗時的心聲。

事物都有兩個面向。看起來光亮的「表面」，以及隱藏在陰影下的「背面」。即便是同一個事物，切入的視角不同，看到的東西也會不一樣。著眼點放得好的話，有時還能看見兩個面向。

不過，倘若你一直固守在同一個位置，那麼你能看到的東西，始終是一樣的。

人際關係也是如此。

堅強、軟弱、開心、悲傷，每個人都有許多的面向。

如果你不吝於展示出自己的各種面向，旁人才會有更多的機會瞭解你。

此外，得以一窺對方各種面向的人，也才能拼湊出對方萬變不離其宗的真實樣貌。

炭治郎之所以獲得同伴出手相助，是因為他願意展現自己的各種面向，無論是堅強或軟弱的那一面。

你向旁人展現的是自己的哪一面？旁人看到的又是哪一面呢？

假設你總是表現得十分堅強、給人強大的感覺，那麼就算你受傷了，只要你沒有表現出來，旁人也不會伸出援手。縱使有人發現你受傷了，由於你從來不曾示弱，別人也會擔心若是上前協助的話，會不會反而礙手礙腳？而在行動前，猶豫再三。

哪怕你給人非常強大的感覺，只要你肯釋放「我很痛苦、救救我吧」的訊號，旁人都會立刻伸出援手。因為我們是人，是人就不會放著痛苦的人不管。因為「保護」，正是人類的本能之一。

希望你在有困難的時候，能夠坦率地向外界求助。求助，一點也不可恥，能夠相信別人也是一種強大。

只要你肯開口必定會有人出現救援。請當一個遇到麻煩會主動開口求助的人！而「接受幫助」，也能加深你和救助者之間的信賴關係。

給腦中只有自己的你

愈史郎
出處：第146話「驕傲」

不願付出的人
總有一天將無法
再從別人那裡獲得任何東西
太過貪心的傢伙
下場將是一無所有
因為他自己什麼也做不出來

人に与えない者は
いずれ人から何も貰えなくなる
欲しがるばかりの奴は

結局何も持ってないのと同じ
自分では何も生み出せないから

我妻善逸使用雷之呼吸「柒之型・火雷神」，將「十二鬼月上弦之陸・獪岳」的頭砍下。獪岳的腦袋和身體分家後，紛紛從高空墜落。他在臨死前掙扎地說道：「我怎麼會敗給那傢伙？我輸了嗎？我的頭變得好奇怪！不，我沒輸！那傢伙也會一起摔死！」此時，愈史郎突然現身救了善逸。上述，便是愈史郎對著逐漸崩壞的獪岳所說的話。

溝通方面有一派想法是：

「付出最終會回報到自己身上。」

「先主動付出，後必有回報。」

意思是人不能老是期待別人給予，首先請主動付出。而愈史郎所說的：「**不願付出的人，**

總有一天會再也無法從別人身上獲得。」恐怕也有著相同的含意！

獪岳過去曾是鬼殺隊的劍士，當他還是人類的時候，便一直獨善其身，他對外界總是有許多的抱怨。我認為愈史郎會對獪岳說出這番話，背後是有原因的。

不過，所謂的付出，實際上並沒有那麼簡單。

希望別人給予，所以我們才會付出，付出常常是為了求得「回報」。

然而，就算你付出了，也不一定就能收到同等的回報。

就現實面來說，有付出必有得的情況，應該比我們想像中少很多。

你是否也曾對某人產生這樣的不滿？

「虧我對他那麼好，對方卻一點表示也沒有。」

「我是為他好才那麼做，對方卻連一點回禮也沒有。」

諸如：「我對他○○，他卻沒有○○」、「我幫他做了那麼多，他卻沒有幫我做

〇〇」，這是在要求「等價報酬」，一旦期望的報酬落空，人就會陷入負面情緒之中。

這樣的事情久了，最糟糕的情況是，你不但對對方產生壞印象，搞不好還會放棄對他人的付出。最後的下場就是變成吝於給予，只知一味索求、一無所有的孤獨人。

偏偏我們很容易陷入這樣的惡性循環。

付出不求回報，就是如此困難。

儘管如此，我認為愈史郎的話，點出了克服這點的訣竅。

那便是，**我們要成為可以主動「生產」些什麼的人。一個具有「生產力」的人，不僅有資源付出，也因為靠自己就能產出，所以能做到自給自足。因此，就算付出得不到回報，也不會陷入負面情緒**。

至於「產出的東西」，不一定得是具體的物品。「話語」、「心意」、「行動」……我們每個人，都可以為了別人、為了自己，成為有「生產力」的人。

給夢想或想法遭到嘲笑的你

所謂的永恆，是人的信念，這世上只有人的信念是永恆不滅！

產屋敷耀哉
出處：第137話「不滅」

永遠というのは人の想いだ
人の想いこそが永遠であり
不滅なんだよ

「鬼舞辻・無慘」終於找到產屋敷大宅，他來到瀕死的產屋敷耀哉面前。產屋敷耀哉對「鬼舞辻・無慘」說：「我知道你在想什麼。」並猜測對方的夢想是永恆與不滅。

被戳破心思的「鬼舞辻・無慘」得意洋洋地回答道：

「……沒錯，而且我肯定能做到。只要我得到禰豆子的話。」

「我和你不同，我有的是時間。」

然而，產屋敷耀哉卻推翻了他的認知，還說：「你錯了。」

接著，他開始說明永恆不滅的真正含意。

以中國古代的秦始皇為例，自古以來當權者便執著於追求「長生不老」。近年來DNA

的保存問題引發了熱議。可惜的是，就算使用最新的科學技術，人類還是無法做到長生不老。永恆不滅，真的就這麼難嗎？

特別是有形的物體，既會受損也會劣化，總有一天會完全腐朽。即便堅硬如寶石，表面依舊佈滿了人類肉眼看不到的細小刮痕，隨著時間慢慢地劣化。就算使用現存的最高技術，打造出幾乎不會出現變化的狀態，但那也是指現階段而言，誰也無法保證將來不會有任何的改變。守護有形之物，就是這麼困難。

不過，換作無形之物的話，例如：對他人的愛意、和他人的重要回憶、對某人的強烈嚮往、想要實現的夢想等等，只要有人抱持著這樣的心意、有人繼承了這樣的心意，就不會消失。意念愈強，烙印也愈深，且愈不容易消失。於是，慢慢地意念就會沁入某人的內心。**意念雖屬無形，但是絕不脆弱**。

產屋敷耀哉認為「人的信念」永恆不滅。他比任何人都清楚，世代率領著鬼殺隊的祖先所傳承下來的意念，究竟有多麼強大。他透過以往的活動切身地體會到，正是這份信念驅使著歷任的柱為他所用。煉獄杏壽郎、炭治郎等等的鬼殺隊後輩，也將繼承此一信念。

產屋敷一族世代短命，產屋敷耀哉本身也為疾病所苦。

換句話說，正因產屋敷耀哉自知將不久於人世，才能有這樣的領悟。

你有想要傳承的信念或夢想嗎？

如果你現在就有想要實現的夢想，或是特別想傳達出去的信念，請好好地培育它！就算旁人不看好也不要放棄，請將信念貫徹到底。只要你持續守護、持續灌溉，你的信念就不會消失。而這份信念，將成為你從困境或難關脫身的最強武器。

給失去重要之人的你

三四

即使不斷失去
人也只能活下去
無論遭受多嚴重的打擊
都要活下去

竈門炭治郎
出處：第13話「你……」

失っても失っても
生きていくしかないです
どんなに打ちのめされようと

炭治郎遇見一名自稱未婚妻下落不明的男子，遂和對方一起尋人。炭治郎找到將男子未婚妻擄走的鬼，並且成功將鬼消除。事後，他才知道男子的未婚妻被食人鬼吃掉了。炭治郎擔心地詢問男子：「你沒事吧？」對方憤怒地回道：「我失去了未婚妻，怎麼可能沒事啊？」上述，便是炭治郎取回男子未婚妻的遺物，將之還給男子時，以彷彿回憶起自己的家人慘遭食人鬼殺害的口吻所說的話。

不管你訂立了什麼目標，前方的道路未必是筆直的康莊大道。

你可能在中途遇到意外，也有可能被迫改變方向。重要的親友、各式各樣的機會……人生的經驗累積得愈多，失去的東西也愈多，而我們成功克服了這些，所以才走到今天。

為什麼你能克服那些困難呢？

答案五花八門，其中一個答案是：你有感同身受的人陪伴在身旁。這個人或許是你的家人，或許是你的知心好友。當然也有可能是親近的前輩，抑或是老師。那些人為我們所採取的行動、所說的話、所做的一點小事，都能成為我們新的開端，讓我們重振旗鼓，再次踏上路途。

炭治郎失去了寶貴的家人，而墜入了絕望的深淵。那時候，他應該絞盡腦汁思考過，被留下的自己能做些什麼。正因如此，當他面對著失去未婚妻的男子，他才能感同身受，繼而找出其未婚妻的遺物送還給對方。

曾經失去重要之人的經驗，能夠讓我們成為別人的救命繩索。

在漫長的人生路上曾經痛失所愛、遭受過無數次挫折的人，應該可以學習像炭治郎那

樣，修練出體貼他人的胸懷。因為你能明白受傷的心情、你能站在弱者的立場去想、你有餘力守護別人……

這些全都是「包容力」，都是你變堅強的證據，說明了你比別人領先了一、兩步的理由。

如果你身邊有人正煩惱著、受困著，請你用過往的經驗所培養的包容力，溫柔地擁抱對方吧。請用只有你才能做到的「包紮力」，療癒對方所受的傷。

而這個「包紮力」，也將有助於你的成長。

給受挫後裹足不前的你

三五

富岡義勇

出處：第1話「殘酷」

不要哭
不要絕望
這不是你現在應該做的事

炭治郎的家人慘遭食人鬼殺害，他與富岡義勇相遇的時候，唯一生還的妹妹禰豆子鬼化了，兄妹倆還打了起來。富岡義勇的使命是殺鬼，當他欲斬殺禰豆子時，炭治郎拚死維護著妹妹，他口中哀求著：「請不要殺了她……」富岡義勇看到炭治郎深怕傷到妹妹而不敢回擊的模樣，他的內心儘管憤慨，然而也不是不能明白。上述，便是富岡義勇偷偷在內心送給炭治郎的鼓勵。

最近你感到絕望是在什麼時候？

或許是不久之前，也可能剛才發生，抑或是時間久遠到你不搜尋記憶就想不起來呢？

有種現象叫做「習得性失助」。

長期處在高壓環境的人類或動物，會連努力逃出狀況的力氣也沒有。動物若是長期感到絕望，就會變得有氣無力。

某些原因造成的絕望感，大多是「暫時的」。然而，一旦長時間陷在負面能量裡，最後就會演變成讓人無法動彈的巨大絕望。

那麼，怎麼做才能從這樣的絕望中逃離呢？

首先，**去做「目前我能做的事」**，多多為自己打氣。所謂的絕望，是指發生了意料之外的事件，當事者被迫面對眼前的緊急事態。要是就這樣被絕望的深淵吞沒，你將不知道往哪個方向前進。為了看到希望之光，總之請你先動起來，奮力抵抗絕望感。

再來，下一個關鍵是，**向別人傾訴你的痛苦**。

你周圍是否有能夠冷靜給予建議，或是能夠感同身受的人呢？

當我們絕望而意志消沉的時候，常會覺得：「不要理我，讓我一個人待著……」然而，愈是這種時候，我們愈是需要立即冷靜面對。

如果身旁有人能客觀地給予意見，告訴你：「不要絕望！這不是你現在該做的事！」或許你就能取回平靜。再沒有比別人的關心更強大的強心劑了。

若是有人能體貼地對你說：「我明白你那種痛苦得想要大叫的心情。」壓在你心裡的重擔，或許也能跟著減輕一點。

萬一你珍視的人正陷於絕望，請你思考他需要的是「冷靜的意見」還是「感同身受的關懷」。請將你的寬裕分給身陷絕望的人，以減輕他的負擔。

千萬別讓你珍視的人失去了人心，最終淪為「鬼」。

給想更上一層樓的你

三六

只要精通呼吸招式
就能做到各種事情
雖然不是萬能
不過肯定會
比昨天的自己更強

煉獄杏壽郎
出處：第62話「在惡夢裡結束」

呼吸を極めれば
様々なことができるようになる
何でもできるわけではないが

昨日の自分より
確実に強い自分になれる

「十二鬼月下弦之壹．魘夢」打算讓搭上火車的炭治郎等人陷入沉睡，以便在夢中殺掉他們。從夢中醒來的炭治郎，雖然成功砍下魘夢的首級，但是敵人方卻絲毫不受影響。為了保護火車上的乘客和同伴，炭治郎和伊之助、禰豆子、煉獄杏壽郎一同奮戰。後來炭治郎被某個醒來的乘客刺傷，在戰鬥結束後他痛苦地倒在地上。上述，便是炭治郎一邊眺望夜空一邊調整呼吸時，煉獄杏壽郎所給予的呼吸建議。

你曾經將呼吸練到「登峰造極」嗎？

因為瑜珈、冥想、運動而學過呼吸法的人，想必都知道呼吸有多麼重要吧！

我們常因為太過理所當然的事而忽略它，其實人類、動物、植物都會呼吸，不呼吸就無法存活。

人類在不吃不喝的情況下，據說能活好幾天，一旦停止呼吸，幾分鐘內就會喪命。就算像海女那樣經過肺活量的鍛鍊，能夠閉氣的時間也是有限的。

呼吸對我們而言，就是如此重要。

那麼，將能掌握人類生死的呼吸練到「登峰造極」，代表什麼意思？

那便是，**將支撐人類的最基本能力磨練到極限。如果你不想被外界干擾，請你將專注力提升至最高境界，培養出突破眼前障礙的能力。**

鍛鍊呼吸方式或呼吸技巧，這樣的訓練稱作「呼吸法」。練呼吸有許多目的，像是提升身體機能、活絡精神狀態、安定情緒等等。深層的呼吸有助於調節自律神經，不僅身體受

益，大腦、內心也會受到正面的影響。

「丹田呼吸法」是呼吸的方式之一。

丹田位於肚臍下方九公分的穴道，這個呼吸法便是一邊丹田用力一邊呼吸。將「丹田呼吸法」練到登峰造極，據說容易釋放出 α 腦波，讓人在放鬆的狀態下仍可精神集中。

就像煉獄杏壽郎所說，呼吸法並非萬能。不過，鍛鍊呼吸的確能帶來各式各樣的好處。

倘若「會比昨天的自己更強」的話，就很值得立刻嘗試！

當你遭遇困境內心混亂不已時，請試著將精神集中在呼吸上，鍛鍊自己的呼吸。

浮躁的情緒安定下來、思慮變得清晰之後，你才能找到解決問題的方法。

給想強大到沒有破綻的你

真菰

出處：第37話「炭治郎日記・後篇」

死ぬほど鍛える
結局それ以外にできること
ないと思うよ

炭治郎為了參加鬼殺隊的最終選拔，接下了鱗瀧左近次師父出的難題——用刀劈開巨大的岩石。半年後，炭治郎仍舊無法劈開石頭，他在茫然失措之際，名為錆兔和真菰的兩名孤兒現身了，受託指導炭治郎的真菰一一點出他的不足。然而，就算炭治郎聽到的祕訣是「全集中呼吸法」，可以讓人類變得跟鬼一樣厲害，他依舊無法理解其中的含意。上述，便是真菰在這時候的回答。

當你遇到無法跨越的高牆時，你要如何克服它？

你和某人同時開始做某件事，起初你明明覺得「我會贏！」，隨著時間一久，對方卻漸漸拉開差距，自己根本就追不上……像這種瞠乎其後的事情，想必你我都有過一、兩次的經

驗。當然，決勝前的氣勢愈強，敗北後的失落感也愈重。

有些人因為天賦上的差異，導致我們難以超越。

「如果我有那人的繪畫天賦，搞不好也能成為畫家。」

「如果我像那人那麼聰明，搞不好也能成功！」

像這樣的喟嘆我們也不是沒有。

然而，就算天賦有差距，並不代表我們想追求的夢想就無法實現。

無論戰場為何，我們真正要挑戰的對象是「自己」。

將自己「理應做到」的基準，一點一點地拓寬，學習掌握愈來愈多的技能。當你慢慢地延伸自己的極限，你的能力也會變得愈來愈強。最後，這些經歷都將成為你的養分，讓你確實朝目標又靠近了一點。

只不過，倘若你的眼睛只顧著望遠而忽略腳下還有階梯的話，很容易就會摔跤。高低差愈大，摔得也愈重。倘若你的目標很高，光只是在腦中想著：「我做得到，依我的能力應該能做到……」身體也無法如你所願動起來。就算大腦能發出完美的指令，如果它不明白應該下達至何處且迅速傳達，你的身體就無法採取行動。

重點在於你要理解此時此刻的自己。唯有充分瞭解自己，透過神經將意念傳導至指尖、身體的每一個角落，你的想法才有可能和現實同步。

專注於調動神經，調整呼吸，當你出現「劍士的表情」時，才有可能實現目標。

還有，想要到達這種境地，真菰已經告訴我們了：

除了腳踏實地「拚命練習」之外，沒有其他捷徑。

給害怕變老的你

煉獄杏壽郎

出處：第63話「猗窩座」

衰老和死亡是生命短暫的人類的

美好之處

因為會衰老、會死亡

才更加讓人覺得可愛、尊貴

所謂的強大

不是只能用在肉體上的形容詞

老いることも死ぬことも
人間という儚い生き物の美しさだ
老いるからこそ
死ぬからこそ

堪らなく愛おしく尊いのだ
強さというものは
肉体に対してのみ
使う言葉ではない

炭治郎一行人和「十二鬼月下弦之壹．魘夢」展開激鬥，好不容易才打敗對方。煉獄杏壽郎教導身負重傷的炭治郎如何利用呼吸法止血，炭治郎總算不再出血了。正當他們鬆了一口氣時，「十二鬼月上弦之參．猗窩座」突然現身。猗窩座欲攻擊炭治郎，幸好煉獄杏壽郎砍傷他的手，救了炭治郎一命。猗窩座認可煉獄杏壽郎的實力，邀請他加入鬼的行列，但被煉獄杏壽郎拒絕了。猗窩座指出煉獄杏壽郎無法到達「最高境界」，原因就在於：「因為你是人，因為你會老，因為你會死。」上述，便是煉獄杏壽郎當時所給予的回應。

所有的人都會變老，不過你對「衰老」這個詞，有什麼印象呢？

以前做得到、現在卻做不到的失落感；臉上的斑點和皺紋越來越多、肌膚漸漸失去彈性的感傷……諸如此類的變化，常讓人覺得老化是一件「悲哀」又「羞恥」的事。

不過，難道這不是因為你總將眼光放在「失去」這部分的緣故嗎？

事實上，衰老帶來的，並非只有失去、悲哀或羞恥。

試著詢問被稱為高齡者的人，對於自己的生活有什麼感想時，並不是所有的人都會覺得悲哀或不安。許多人在年歲漸長之後，甚至比年輕時更能感受到喜悅。

那麼，這些人的共通點是什麼呢？

答案是：**懷抱著「感恩的心」活下去**。

當人衰老到一定程度的時候，無可避免就需要別人的協助。因此，當理所當然變得不再理所當然時，人才開始體悟到，無論是誰都需要別人的支持。

人之所以無法萌生感恩的心，就是因為將其視為理所當然。雙親養育自己是理所當然，工作上接受別人協助是理所當然，對於發生的一切都覺得是應該，那麼終其一生都將無法抱持感謝，就這樣離開了人世。

當你意識到「活著，並非理所當然」，就能深刻體會身體健康是多麼值得感謝，也會看到以前看不到的別人的優點。一旦接受任何人都有其弱點和極限，想必就能溫柔地對待周遭，也不再害怕變化了。我認為這就是煉獄杏壽郎所說的：「肉體之外的強大。」

人都難免一死，誰也無法逃脫。沒有人知道，最後一日會在何時來臨。

請在活著的時候感恩每一刻。如此一來，你應該就會覺得什麼也沒發生、就這樣無事平靜結束的平凡一日，是何等「可愛又可敬」了！

守護同伴

—仲間を想う—

給想怪罪他人的你

三九

對身為鬼感到痛苦
為自己的惡行感到後悔的鬼
我不會殘踏他們
因為鬼曾經也是人
和我一樣曾經是人

竈門炭治郎
出處：第43話「下地獄」

鬼であることに苦しみ
自らの行いを悔いている者を
踏みつけにはしない

鬼は人間だったんだから
俺と同じ
人間だったんだから

「十二鬼月下弦之伍・累」被富岡義勇砍斷脖子，他在形體逐漸消散之際，想起了自己的家人。他原本以為雙親對自己毫不在乎，事實上他們比誰都關心自己。然而，「十二鬼月下弦之伍・累」卻失手殺了這兩個重要的家人，他心中強烈的悔意，在他變成鬼之後，依舊壓在心底久久無法消失。當富岡義勇告誡炭治郎「不要同情食人鬼！」時，能夠深刻地體會到「十二鬼月下弦之伍・累」是多麼悲哀的炭治郎，於是有了上述的回應。

你是否有過下意識就想責怪他人、攻擊他人的經驗？

我們只是平凡人，當然會有忍不住想發火的時候。看到他人始終沒有長進，便會不耐煩地指責對方；遇到猖狂挑釁的對手，忍不住就想反駁回去。心胸寬大一如神佛這樣的人物，應該還是少數。

就算你沒有類似的經驗，在往後的人生中，和這種人交手的經驗恐怕多的是機會，不如就把它當作壓力的來源吧！

所謂的「因果定律」，意思是：「事出必有因，原因會帶來結果。」

當你看起來心情不好，對方也會跟著心情不好；當你把對方當成「鬼」來看待，對方也會把你當成「鬼」看待。換句話說，所有的成因都在我，根據你自己的態度，所處的世界可能變得美好，也可能變得醜惡。

那麼，怎麼做才能在待人接物時，揮別那個想要怪罪、責備他人的自己呢？

答案是：**請回顧自己過去不成熟的時候**。

你應該也曾有過幼稚、不成熟的階段。經過你一點一點的努力，才終於變成今日的模樣。人的成長就是這麼花時間。

就算某人的行為攪亂了你的情緒，對方既非打從根底腐爛的「鬼」，也不是一輩子都無法成長的廢物。你周遭所有的人，同樣也是人。

他可能正為了某事不順而煩惱，因為做不出成果而感到焦躁，才會有這樣的行為。我們表面上看到的，不一定就是全部。

溫柔地對待對方，就等於接受過去不成熟的自己。請懷抱著這種心態待人接物。

倘若你能像炭治郎那樣的寬大心胸對待每個人，相信大家都能得到幸福。

給為了別人好卻反遭斥責的你

四十

我不能丟下同伴
獨自逃跑
（中略）
我一點也不後悔
為了同伴去拚命

時透無一郎
出處：第179話「兄弟之情令人動容」

仲間を見捨てて
逃げられないよ
（中略）
仲間の為に　命をかけたこと
後悔なんてしない

不死川玄彌和時透無一郎設法打倒了「十二鬼月上弦之壹．黑死牟」，兩人也因此身負重傷。時透無一郎在彌留之際，悲鳴嶼行冥用手覆蓋住他的雙眼，對他說：「我一定會打倒無慘，之後就去找你。你安心睡吧！」此時，時透無一郎的意識漸漸地飄離現世，他見到了去逝的兄長。哥哥對時透無一郎說：「別過來！快回去！臨陣脫逃也沒關係！」

上述，便是互相關懷的時透兩兄弟，終於能坦露真心時所說的話。

你曾經因為某些因素，疏遠了長久以來的朋友、戀人，或同伴嗎？

有個詞彙叫做「反彈」。正如字面上所示，意思是：「為了對抗某種傾向，因而出現完全相反的傾向或行動。」

情感方面也是如此，愛得愈深，恨也愈深。

倘若我們將喜歡的程度分為「一百」和「十」，兩者的反彈強度也會有差異。

換言之，原先的「喜歡」愈強烈、愈偏執，「討厭」的時候，反作用力也愈強。

重要的人或同伴破壞約定、你的苦口婆心卻不被對方理解等等，儘管我們明白不是每個人都跟自己有一樣的想法，然而自己內心的負能量卻愈來愈強烈，不知不覺間就討厭起對方……或許，你也有過這樣的經驗。

不過，這種時候，你放任情緒暴走，就這樣和朋友絕交的話，不久之後將會帶給你巨大的後悔。這時的重點在於，你要像時透無一郎一樣保持冷靜，想想對自己而言，什麼才是最重要的，再採取行動。

我在這裡並不是建議大家過著欠缺情感交流、只靠理智行事的人生。因為一時感情用事，導致失去重要的東西，代價未免也太大了。因此，當你正在氣頭上的時候，希望你能在做出決定前先冷靜下來。

衝動的代價之一，就是時間。關係一旦疏遠，之後想要修復，就得花上許多時間。

當你經過一段時間冷靜下來了，願意和對方重修舊好，而對方也同意的話，你們就可以繼續交好。

然而，就算你們的關係獲得改善，之後也共度了許多愉快的時光，疏遠期間所浪費的時間，怎麼樣也無法填補了。因為每個年齡區段、每個時代，都只有一次的機會。十、二十幾歲的時間，以及六、七十歲的時間，年紀和事情發生的狀況所感受到的情感重量完全不同。更可能都還來不及破冰，某一方已經離開人世了。

當你覺得孤單無助、痛苦不堪的時候，是這些人在你身旁支持著你，當你幸福快樂的時候，是這些人在你身旁和你一起分享，希望你不要輕易就斬斷這樣的關係。

當你自覺就要被負面情感淹沒時，千萬別忘了保持冷靜。

給自認孤單無助的你

四一

粂野匡近

出處：第168話「永垂不朽」

希望重要的人能面帶笑容
幸福地活到壽終正寢
希望他的生命
不會受到不合理的威脅
就算那時自己無法活著
陪著那人身旁
也希望他能活下去
一直活下去

大切な人が笑顔で
天寿を全うするその日まで
幸せに暮らせるよう
決してその命が
理不尽に脅かされることがないよう願う

例えその時自分が
生きてその人の傍らに
いられなくとも
生きていて欲しい　生き抜いて
欲しい

不死川玄彌第一次參加「柱聯合會議」的時候，對不會武功卻能率領鬼殺隊的當家產屋敷耀哉，感到相當不滿，他不服氣地說：「你這傢伙，還真大牌呢！」然而，產屋敷耀哉卻表示自己也是「棄子」，並說：「就算我死了也不會有任何改變。」產屋敷耀哉還告訴他，不死川玄彌死去的戰友將自己的弟弟和玄彌重疊在一起。最後，他親手將對方的遺書交給玄彌。上述，便是那封遺書的內容。

你人生中最愛的人是誰呢？

是一起生活的家人？還是長久以來的朋友或戀人？

或許那個人已經不在人世了？

包含你最愛的那個人在內，你的生命中應該還有許多重要的、特別的人。

我們都希望最愛的人、重要的人、特別的人，可以長命百歲，和我們共度更多愉快的時光、一起留下愉快的回憶，最好能夠永遠永遠地在一起。

只要聽說對方受傷了，我們就會比任何人還要擔心；聽到對方生了重病，我們就會每天祈禱對方早日康復；聽到對方心理狀況不好，我們就會努力尋找是否有自己能幫上忙的地方。如果那個人遇到不合理的對待，我們忍不住替他生氣。我們希望自己愛的人都能笑口常開，過著幸福的日子，沒有痛苦地迎向善終。

然而，人類的壽命是有限的，死神終究會來造訪每一人。我們最愛的人有可能比我們早一步離世，再也無法陪伴在我們身邊；我們也有可能先離開，無法陪伴在最愛的人身邊。無論你再怎麼祈求，無論你的心意多麼純粹，這個願望都不可能實現。

請你們不要忘記：**如同你強烈希望對方過得好，對方同樣也希望你能幸福**。

縱使距離遙遠無法相見，對方也能感受到你的心意，並以加倍於你的意念，守護著你。

你，就是某個人活下去的動力。

如同炭治郎所言：「**就算自己辦不到，必定會有某個人可以繼承。為了傳承下去，你非努力不可。**」你最愛的那個人，直到最後一刻，肯定都還在為你的幸福而努力。

為了讓自己也能長存於最愛的人心中，請你在人生的善終之日來臨前，好好把握生活、努力去過幸福的人生吧！

給決定守護同伴的你

四二

我會完成自己的任務!!
不會讓在場的
任何人死掉!!

煉獄杏壽郎
出處：第64話「上弦之力・柱之力」

俺は俺の責務を全うする!!
ここにいる者は誰も
死なせない!!

煉獄杏壽郎為了保護身負重傷的炭治郎、伊之助等人，和「十二鬼月上弦之參．猗窩座」展開生死搏鬥。煉獄杏壽郎接二連三地出招，不過都被猗窩座擋下、拉開了距離，導致攻擊失效。於是他迫近猗窩座，並使出「炎之呼吸．玖之型．煉獄」。

然而兩人的力量差距過大，再加上煉獄杏壽郎的左眼、肋骨、內臟都受了重傷。猗窩座對他說：「不管怎麼掙扎，人類都不可能打贏鬼。」上述，便是煉獄杏壽郎在聽完之後燃起內心熊熊的鬥志，回覆猗窩座的話。

目前的你正背負著哪些職責？

我們每個人在家庭、職場等各種場域，或多或少都背負著幾項責任。

那麼，為什麼那些職責會落到你身上呢？

有的是你主動承接來的，有的是因為某個契機自然就落到了你的身上，也有可能是你被迫接受的。你所背負的職責愈大，壓在肩上的重擔想必也愈重吧！

不過，職責的大小或輕重，其實可以因人的心態而不同。

你認為很大的職責，在別人眼中可能很小；你認為很小的職責，在別人眼中可能很大。

重點並不在於職責的大小，而是對背負的每份職責所採取的行動。

你是為了誰而採取了怎樣的行動呢？

你該深究的是行動的內容，而非職責的大小。

煉獄杏壽郎將守護炭治郎等人一事，視為自己的職責。

正因為他完全明白這代表著什麼，所以他才能在肉體已達到極限的狀態下，依舊主動接

近敵人，使出渾身解數給予一擊。

想要守護某人的信念，能夠讓人發揮出壓倒性的力量。

沉重的職責，總會讓人忍不住就想嘆氣。

可以的話，大多數的人都會希望在沒有出狀況的情形下，順利完成。就算是自己主動承接的事，也很難不去這麼想，更遑論是無關自我意志、被動接下的職責了。

不過，請不要只是哀嘆，你有必要重新思考：

那份職責是為了誰而做，為了盡到職責，什麼做法才是正確的。

職責背後的原因與執行方式，同樣值得深思。

當你能夠理解自己行動的背後是基於什麼原因，你的內心就會產生向前一步的力量了。

給獨自面對困難的你

四三

我們一起戰鬥吧
我們一起思考吧
我們必須同心協力
才能打倒這隻鬼

竈門炭治郎

一緒に戦おう
一緒に考えよう
この鬼を倒すために
力を合わせよう

炭治郎和伊之助在和「十二鬼月下弦之伍・累」的對戰中，他們遇到了沒有頭的鬼，於是兩人商量要用「袈裟斬」打倒對方。然而，伊之助不等炭治郎便率先出擊，還因此受了傷。接著，他被蜘蛛絲纏繞到無法動彈，眼看著就要被砍殺之際，幸好炭治郎及時出手相助。上述，便是炭治郎察覺到除非兩人聯手，否則就無法制敵時，對伊之助所說的話。

當你遇到困難、找不到解決辦法的時候，通常會找人商量嗎？

還是自己苦思，直到找到答案為止？

恐怕大多數的人，可能的話，還是傾向孤軍奮戰、想要一個人解決吧？

當然了，單打獨鬥並非壞事。一個人面對，過程中培養的能力都是自己的，更重要的

是，這是自立自主的人才能辦到的事。

然而，一個人悶著頭為了某事而煩惱，說不定也因此拉長了痛苦的時間。當聚光燈只聚焦於一點時，亮度愈強，陰影也愈深。愈是獨自一人擔負重責，帶給自己的負擔也就愈大。

日本向來重視「全體」勝於「個體」，無論在哪個團體，個人都必須遵守團體分派給自己的「立場」，完成團體分派給自己的「任務」。至於個人的情況，則一律遭到無視。這麼做的結果，就是當你「主動求援」、「誠實說出自己的意見」時，就會被視為是擾亂「全體」秩序的任性行為。

另一方面，無須借助他人之手，一個人貫徹自己的立場或完成任務，則會被讚許有責任感。這樣的風氣一直持續至今，可說是日本社會的最佳寫照。

然而，現在已是資訊爆炸、瞬息萬變的時代。針對各式各樣的需求來襲，倘若我們不主動向外界尋求協助的話，別說勝出了，可能連生存都有困難。

請試著回想：你最後一次和同伴朝著同一個目標努力是什麼時候？對方是怎麼鼓勵你的？

無論成果如何，能和你攜手前行的同伴，想必都是無可取代、是你最引以為傲的一群人。

因此，遇到問題的時候，請別覺得丟臉，選擇與他人一起「同心協力」吧！

比起一個人蠻幹，學習炭治郎和別人聯手，進展會更快喔！

給自認冷漠的你

四四

伊黑小芭內
出處：第188話「悲痛的戀情」

爲別人付出性命
總覺得自己也稍微
變得是「好人」了

誰かのために　命を懸けると
自分が何か　少しだけでも
“いいもの”になれた気がした

伊黑小芭內救出被「鬼舞辻・無慘」所傷的甘露寺蜜璃，他拜託別人為蜜璃療傷後，再度返回戰場。伊黑小芭內出生在一個貪婪、好面子的家族，他自認為「我的家人都是人渣，我也是人渣」。於是，他將心中無處可去的憤慨，全部都發洩到鬼的身上。上述，便是伊黑小芭內稍微對自己有些肯定時的心聲。

被別人感謝這件事，沒有人會覺得不開心吧？

或許這對你而言是天經地義的事，但是看到別人有困難，立刻就伸出援手，還是一件非常了不起的事情。

因為你的內心非常溫暖，才有辦法做到！

但是，另一方面，有些人因為自身都難保了，根本沒有餘裕關心他人，或是擔心自己多管閒事，反而在正式行動前自己就先打退堂鼓。肯定也有像伊黑小芭內那樣，欠缺自我肯定，而遲遲無法向前踏出一步的人。

這個世界上的人這麼多，此刻正坐困愁城的，當然也不少。

既然有人需要協助，為什麼大家不互相幫助，反而喜歡獨來獨往呢？

為什麼「為了別人」採取行動這麼困難？

多半是因為，**我們愈來愈難有機會感受為別人付出所帶來的喜悅，以及讓別人打從心底感到快樂所帶來的快樂**。

為了別人努力付出，對方也會有所回應。幫助別人也能讓你找到自己的存在意義。

「謝謝你的幫忙！」

「謝謝你的建議，真是幫了大忙！」

「謝謝你的好意！」

能夠幫上別人的忙、得到上述回應的人，對於自己在這個世界上肩負著何種任務，有著一定的認知。而他們也肯定這樣的任務。

這些人認為自己是「好人」。換言之，幫助別人，其實也等於幫助自己。

的確，我們不太可能有機會像伊黑小芭內那樣，為了別人付出性命。

如果你讓對方開心的目的，是為了得到感謝，一旦你沒有獲得預期中的反應，反而有可能陷入負面情緒。

倘若你發現自己能幫上別人的忙，請別猶豫，立即行動吧！相信你會因此獲得救贖。

給重要關係遭到否認的你

四五

無關家人或同伴
只要彼此的羈絆夠牢固
一樣都很珍貴
沒有血緣關係就說它淺薄
事情不是你說的那樣!!

竈門炭治郎
出處：第36話「這下子不妙啊」

家族も仲間も強い絆で
結ばれていれば
どちらも同じように尊い
血の繋がりが無ければ薄っぺら

だなんて
そんなことはない!!

伊之助被「十二鬼月下弦之伍・累」的父親襲擊，炭治郎使出「水之呼吸・拾之型」出手相救，孰料他打出的攻擊竟被反彈了回來，連帶著他也遭到擊飛。炭治郎落地之際，正好看到「十二鬼月下弦之伍・累」在攻擊自己的姊姊。累不僅在姊姊的臉上弄出傷口，還冷酷地對炭治郎說：「你在看什麼？我可不是在雜耍！」炭治郎反問：「她不是你的同伴嗎？」累譏諷地回答：「同伴？別將那種淺薄的關係和我們混為一談！我們是家人，是有強烈羈絆關係的家人！」上述，便是炭治郎聽完之後，給予累的回覆。

說到「強烈的羈絆關係」的時候，你會想起誰？

家人、戀人，或是同伴？

也有可能是你的同事、前輩或後輩等等。

能用強烈的羈絆來形容你們的關係，可見你們彼此信賴、尊敬，也互相認可。

過去，「血緣」被視為最牢固的羈絆關係。時至今日，血緣依舊是很強大的連結，但是如果問它是否比任何關係都還可靠，不這麼認為的人卻也愈來愈多。

原因之一，是社會的價值觀趨於多元，諸如此類的理由，不勝枚舉。

然而，我們可以確定的是，**就算沒有血緣關係，還是可以創造出超越血緣的羈絆**。

俗話說：「遠親不如近鄰。」即便是不相干的旁人，有時因為距離夠近，反而能幫得上你的忙。世上有許多事情，光靠血緣連結是無法解決和跨越的。

甚至正因為彼此有血緣關係，所以才聽不進勸告，比起戶籍這個表象關係，重要的事情或事物的本質，往往藏潛在幽微的水面之下。

倘若有人否認你和某個人的關係，不代表他會明白你們之間的交往深淺或價值。

因為人總是本能地被表象所吸引，只看得見視線範圍內的東西。

當然，像「鬼舞辻．無慘」那樣披著人皮的「鬼」，人世間也不少。

因此，我們要一邊鍛鍊看透本質的識人能力，一邊探究什麼才是「值得珍惜」的關係。

炭治郎是透過「信賴的味道」來下判斷，能讓你信賴到和他建立羈絆的那個人，身上肯定也散發著能讓人安心的味道吧！

◉

請鍛鍊出識破本質的能力，學習像那炭治郎那樣找到值得你信賴的同伴，在你的人生中建立起一段段良好的關係！

◉

給忘不了某人的你

我對你們充滿感謝
我對你們充滿歉意
但是我從未忘記你們
你們永遠都在我心中
所以請你們原諒我

竈門炭治郎
出處：第57話「拿起刀子」

たくさんありがとうと思うよ
たくさんごめんと思うよ
忘れることなんて無い
どんな時も
心は傍にいる
だからどうか許してくれ

炭治郎在無限列車遭受到「十二鬼月下弦之壹．魘夢」的幻術，陷入了沉睡。雖然禰豆子成功喚醒了炭治郎，但是他卻無法徹底從夢境中脫離。炭治郎在夢中見到了被鬼殺死的母親、弟妹們，以及鬼化前的禰豆子。半夢半醒之間，正當他想要離開夢中的家園時，那邊的家人卻叫住了他。上述，便是炭治郎一邊流著淚，一邊下定決心與家人訣別時所說的話。

雖然不是二十四小時都記掛在心頭，然而下意識你總會想起他；無論何時何地，他總是在你心中陪伴著你。對你來說，是否有這樣的人存在呢？

而且因為你不可能遺忘他，那個人已經成為組成你這個人的重要零件之一，甚至可以說是靈魂的一部分也不為過。

另一方面，你是否也會覺得，有時候那人對你而言，就像一種重物？

儘管是特別的存在，卻始終揪著你的心，讓你無法釋懷。

無法釋懷的原因可能是：**你還來不及對他說某些話、還來不及開口問，你們已相隔兩地。**

你最想對誰說「對不起」和「謝謝」？

總在你心中某個角落對你說「對不起」和「謝謝」的那個人，又是誰呢？

或許是已逝的家人，也有可能是分手的戀人。

在學生時代相遇，吵架後便疏遠的朋友、最常和你混在一起的死黨或同伴……

你會立即想起那個人，是因為你一直將他放在記憶中能夠立即取出的地方。

就算現在不是如此，隨著時間流逝，或許他會一點一滴變成不可或缺的存在。

或是某個時刻，之前只以「點」存在的記憶忽然連成一條線，讓你意識到他的重要。

儘管你已經發現，那人對自己是相當特別的存在，萬一你沒有機會誠實向對方表達這份心意，請將一直以來的感謝之情，隨著「原諒我」、「謝謝你」這兩句話，直接或間接在心裡傳達給對方。

還有，**傳達要趁早**。

一旦你將「沒能說出口的話」說出去，你會有終於告一段落的感覺。

屆時肯定會有一股前所未有的巨大安心感，將你緊緊地包圍起來。

給備受周遭期待的你

四七

一想到有你代替我努力
我就覺得安心
心情也變得輕鬆

胡蝶忍
出處：第50話「功能恢復訓練・後篇」

自分の代わりに
君が頑張ってくれていると思うと
私は安心する
気持ちが楽になる

炭治郎、善逸、伊之助三人，一起來到胡蝶忍的宅邸接受功能恢復訓練。炭治郎為了學會「全集中呼吸・常中」，跑到屋頂上冥想。此時，胡蝶忍上來找他。「為什麼妳要帶我們來這裡呢？」面對炭治郎的提問，胡蝶忍吐露出真實的心聲：「我想將自己的夢想託付給你。」她明明對姊姊被鬼殺害一事感到忿忿不平，卻又執行姊姊臨終交代的遺言：「別讓笑容消失，妳要找到不用砍殺可憐的鬼就能解決的辦法。」上述，便是身心俱疲的胡蝶忍，對炭治郎所說的話。

想被那個人認可、想被刮目相看、想派上用場、想成為那個人、想學會像那樣的工作方式……我們每個人，無不懷抱著各式各樣的夢想或目標，為了實現而步步前行。

不過，請不要一個人埋頭苦幹，而是試著將別人拉入你的陣營。如此一來，對你、對同路的人、對周遭的人來說，都將成為極大的助力。同伴能帶給妳「我不是孤立無援」的後盾，讓你遭遇困難時有力氣去面對，讓你不被孤獨所侵蝕。

人們勇於挑戰、努力不懈的模樣，具有讓人感到安心、鬆了一口氣的魔力。當你朝著目標、憧憬的對象前進時，一路上你所遇到的盟友、對手，都能帶給你不同的刺激。看到那些人努力的姿態，就能讓你產生：「我想成為他那樣的人」、「我想被那個人誇獎」、「我不想輸」、「我想要獲勝」……等等念頭，而這些念頭，正是促使人動起來的原動力。

而這些人的姿態，都將化為記憶，烙印在你的心底，隨時隨地發揮著為你鼓舞的作用。

當你追尋目標感到疲累時，請務必試著回想身旁某人正在奮戰的模樣。

同時，也請讓周遭的人知道你自己也正在努力著。

人生路上會遇到各式各樣的人，上述的人們能及時解救你脫離孤獨，帶給你力量。

而你對他們而言，也是一樣的存在。

「你還是一樣很努力呢！」

「你真是一個可靠的傢伙啊！」

「我也試著再撐一下吧！」

人一旦明瞭「自己不是孤軍奮戰」，就能提起全身的力氣，繼續奮戰下去。

給有想守護之人的你

幫助弱者
是生為強者的使命
你的使命就是負起責任
貫徹這份使命
你絕對不能忘了

煉獄瑠火「煉獄杏壽郎的母親」
出處：第64話「上弦之力・柱之力」

弱き人を助けることは
強く生まれた者の責務です
責任を持って果たさなければ
ならない使命なのです
決して忘れることなきように

煉獄杏壽郎使出大絕招「炎之呼吸。玖之型．煉獄」，對「十二鬼月上弦之參．猗窩座」展開攻擊。不過，猗窩座卻使出自己的手臂，刺穿了煉獄杏壽郎的身體。

猗窩座對煉獄杏壽郎喊話：「變成鬼吧！說你要當鬼！你可是被選中的強者！」這時，煉獄杏壽郎開始回想過去，他的記憶出現母親的樣子。母親問他：「你知道自己為什麼生來比別人強嗎？」煉獄杏壽郎的母親知道自己將不久人世，便對兒子留下這段最後的囑託。

你覺得自己是強者嗎？還是弱者呢？

應該很少人會覺得自己一直都很強，或是一直都很弱吧？

我們有時候是強者，有時候是弱者。

而這個「有時候」因著在場的人物、地點、狀況，而有所改變。

當我們身處的環境有一群實力堅強的前輩，我們只能算是菜鳥，但若是身處在後輩之中，則變成帶領大家的存在。你應該也有過這樣的經驗。

每個人都有可能是「強者」，也有可能是「弱者」。

從上述的文字便能推測，所謂的強與弱，只不過是「相對」而言。

更進一步來說，因為強者、弱者同時存在，所以才能區分出強與弱。

因為弱者的存在，強者才能成為強者。既然所有人都有機會成為強者，當然也有可能變成弱者。既然我們明白了這一點，當你是強者的時候，應該採取何種行動，想必不言可喻。

如同煉獄杏壽郎所言，強者理應保護弱者、守護弱者。而這也是人類特有的行動準則。

自然界的規則是弱肉強食。弱者的生命受到強者的威脅，而強者的生命又被更強者所威脅。倘若強者幫助弱者的話，也是因為這麼做有助於留下後代，其實還是基於現實的理由。即便是同一個物種，有時為了生存，也不得不互相殘殺。同情弱者這種溫情，在自然界並不存在。

猗窩座說，煉獄杏壽郎是「被選中的強者」，指的也是自然法則下的「強者」。然而，煉獄杏壽郎卻拒絕成為掌控弱者的「鬼」，直到生命的最後一刻，他都不忘要保護弱者。

換言之，他選擇了繼續當「人」。

當你是強者，請務必學習杏壽郎去幫助、保護比你弱小的人。
請把它當成自己的職責與使命，而這也是你身為人不可欠缺的行動。

給不習慣依靠別人的你

四九

竈門炭治郎

出處：第148話「對決」

每個人剛出生時
都是弱小的嬰兒
必須在別人的幫助下才能夠存活
（中略）
受到別人的守護與幫助
你才能有今天

生まれた時は
誰もが弱い赤子だ
誰かに助けてもらわなきゃ
生きられない
（中略）
誰かに守られ助けられ
今生きているんだ

炭治郎和富岡義勇一起聯手對付「上弦之參・猗窩座」。嫌棄弱者的猗窩座說：「弱者讓我覺得噁心想吐，他們會被淘汰，這是自然界的真理。」不過炭治郎卻果斷地反駁他：「你今天會在這裡，就是最好的證明。因為別人的保護和幫助，你才能活到現在。」炭治郎為了替守護後輩而殞命的煉獄杏壽郎報仇，日後他也不斷地精進自己的能力。上述，便是繼承煉獄杏壽郎遺志的炭治郎，以彷彿對著還是人類時的猗窩座所說的話。

小孩會畏懼父母或親人以外的人，這是出於人類的防衛本能。嬰兒大聲哭泣，是為了找人幫忙，因為嬰兒無法獨自存活。我們每一個人原本都是弱小的存在，需要外界的幫助才能活下去。

「沒有別人幫忙我們就活不下去。」

這句話聽起來有點誇大，然而不管你的生命力多麼旺盛，沒有人打從一出生是靠自己力量長大。

養育你的人，除了雙親之外，還有學校的老師、同學或學長姊；鄰居或宿舍學友；親戚或兄弟姊妹等等……不勝枚舉。

你之所以有現在，是無數的人的幫助下才有的結果。

還有，需要守護的弱者，並不限於嬰兒或小孩。

傷者或病患，新員工、門外漢等等，這些「新人」一樣需要大家的照顧。

新人指的是剛進入某領域的「零歲孩童」，他們連左右都分不清，處在非常危險的狀態。

因此，當我們開始新的事物時，例如：剛到公司上班、剛踏入社會，就很需要老師或前輩來擔任「類雙親」的角色。

那麼，你是否擔任過某人的「雙親」呢？
協助他、保護他、培育他……當時的你，是懷抱著什麼樣的心情？
所謂的「教學相長」，對於教授者和學習者而言，這都是很好的成長機會。教導者透過教導他人，不僅能加深自我的理解，加上自己過去也是學習方，體驗過兩邊的立場，可以察覺到更多的事。

自己是為了什麼而存在？自己的生存意義是什麼？
如果你此刻有類似的心境，請務必回想起自己截至目前為止，接受過那麼多人的幫助。
你能存活到現在，是有明確的原因的。
即便是微不足道的小事也好，請你也要幫助他人，並將外界贈與你的恩惠，盡可能地傳達至下個世代、下個時代，像炭治郎他們一樣，為了創建美好的社會出一分力。

給想幫助重要之人的你

五十

竈門炭治郎

出處：第201話「鬼王」

因為我們是同伴

是情同手足的交情

如果有人即將偏離正軌

大家就要一起阻止他

就算再怎麼痛苦難受

還是得走在正道上

俺たちは仲間だからさ
兄弟みたいなものだからさ
誰かが道を踏み外しそうに
なったら

皆で止めような
どんなに苦しくてもつらくても
正しい道を歩こう

「鬼舞辻・無慘」倒下後，他將自身的血液和力量注入炭治郎的體內，企圖將炭治郎轉化為最強的「鬼王」。眾人都以為炭治郎死了，沒想到鬼化後的他突然甦醒，一言不發便出手攻擊最靠近他的隱（鬼殺隊的事後處理部隊）。

富岡義勇考慮用陽光燒死炭治郎，不過炭治郎奮力抵抗掙扎後逃脫了。當炭治郎走到伊之助眼前時，伊之助也擺好了架式、準備砍下炭治郎的脖子，這時他想起了自己和炭治郎的某段往事。上述，便是炭治郎、伊之助、善逸三人一起鍛鍊時，炭治郎和其他人所立下的約定。

在個體崛起的現代，自認為一個人比較輕鬆、喜歡獨處的人並不少。

隨著社群網站漸漸地普及，網路成為了交流的渠道之一。

而網友也可能和現實中的朋友一樣，成為對我們而言很重要的存在。

就這層意思來說，人與人之間的連結，並沒有變得愈來愈淡薄。

甚至因為現實社會「個體」的時間增加了，倘若連網路交流的時間比現實交流還多的話，那麼網路上的關係比現實中的關係還要緊密，也不是不可能的事情。

然而，現實交流也好，網路交流也罷，有時因為距離和關係太過靠近，彼此的想法無法順利傳達，反而出現了無法跨越的鴻溝。

當好朋友犯了錯，或是眼看著他們就要誤入歧途，這時我們要使出全力去阻止他們，是需要勇氣的。萬一他真的走上歧路，搞不好會有壞事發生，那種不知道事情會走向什麼情境的惶恐感，你的心裡也肯定不好受吧。

有時甚至會讓人感到憤怒。你的反應之所以那麼強烈，代表你是真心關愛對方。

俗話說：「愛的相反不是恨，而是漠不關心。」
如果你對某人沒有愛，既不喜歡也不討厭，也就不會對他抱持著任何感情了。

不過，當你和某人的關係愈親近，想要改變他的心意或阻止他的行動，難度也會愈高。
因為你愈關心他，就愈難冷靜地做出判斷。

炭治郎就是明白這一點，才會在什麼都還沒發生之前，預先和同伴立下「約定」！
你和你最重要的同伴，是否曾有過「特別的約定」？
請試著回想你們之間說過的每一句話。
未來的某個時刻，那個約定將有可能成為你或對方的救命丸。

給想找回真我的你

五一

那些幸福的日子
還留在我的回憶之中
只要我和禰豆子
活著就不會消失

竈門炭治郎
出處：第203話「諸多誘因」

思い出が残ってる
あの幸せな日々は
俺と禰豆子がいる限り消えない

炭治郎被「鬼舞辻．無慘」注入血液變成鬼，他失去了意識，徘徊在心靈的世界。儘管禰豆子極力向他呼喚著：「不可以變成鬼！一起回家吧！」她想盡辦法欲將炭治郎留下，但是「鬼舞辻．無慘」對炭治郎說：「你的家人都死了！回到埋著遺骨的家又能如何？你以為只有你可以什麼都沒失去全身而退、毫髮無傷逍遙自在地活著嗎？」無慘的這番話語，又將炭治郎拉了回去。

所幸，禰豆子、鬼殺隊的已逝成員，以及活著的同伴，全部伸出援手，讓炭治郎成功找回了人類的「自我」。上述，便是炭治郎想起了自己和同伴的過往，恢復人性時的心聲。

你的內心是否存在著難以忘懷的珍貴回憶？

和家人共度的愉快童年、和社團夥伴齊心協力朝同一個目標邁進、談戀愛卻分手了等等，我們每個人的心裡都有著各式各樣的回憶。

有個詞彙叫做「懷舊」，意思是：「懷念已逝的時光、遠方的場所。」最近的研究發現，**懷念過往的情緒，有助於提升自我評價、挖掘人生意義，並且讓人勇於面對孤獨**。好處可謂不少。

只不過，回憶過往之後，我們該如何處理這段回憶，則至為關鍵。而在什麼時候、想起了哪段回憶，所獲得的效果也不同。

有的人能將過去的美好回憶和體驗，視為豐富人生的養分，並從回憶中得到正面的效果。有的人則愛拿過去和現在做比較，一旦與內心期待出現落差，就會陷入負面情緒，縱使過去的回憶再美好，也白白浪費了。

有的人則是太執著於過去的榮光，導致無法接受現實，一味逃避新的邂逅或挑戰。

根據美國專業心理雜誌描述，想要避免被過往的回憶勾起負面情緒，你應該做的並非比較過去和現在，而是運用「多虧過去才有現在的自己」思維，將過去和現在連結在一起。

炭治郎因為想起了自己還有重要的家人及同伴，才能擺脫「鬼舞辻・無慘」的誘惑，取回原本的人性。他的內心深處還記著自己和同伴的珍貴回憶，而這些也成為了他的力量，讓他得以洗滌負面的情感。

做什麼都不順利、愈來愈不明白人是為了什麼而活著、無法在目前做的事情中找到任何價值等等……任何人都可能陷入這樣的處境。

此時，請你想起過去的美好往事，讓它成為你繼續向前的動力吧！

給決定克服悲傷的你

五二

即使失去了那麼多的東西
我們也要活下去
只要這具身體
還能迎接明天

竈門炭治郎
出處：第204話「沒有鬼的世界」

あまりにもたくさんのものを失った
それでも俺たちは生きていかなければならない
この体に明日が来る限り

眾人和「鬼舞辻・無慘」的最後激戰已經落幕三個月了，然而炭治郎的右手依舊無法靈活地轉動，必須待在醫院裡治療。鬼殺隊的柱只剩下不死川實彌和富岡義勇還活著，而鬼殺隊也在這次大戰後宣告解散。炭治郎到死去的隊員墓前獻花後，便返回老家和禰豆子、善逸、伊之助四人一起生活。上述，便是炭治郎接受了自己失去了這麼多同伴的事實，仍決心繼續前進時的心聲。

舉凡活著的、有生命的生物，都有其大限。

或是因為衰老而迎向生命的終結，或是因為身體異常而突然離世，抑或是意外事故等等的外在因素，而失去了生命。

親朋好友就不用說了，職場的同事、網友……我們遇到的人愈多，說離別的機會也愈多。或許你已經有過幾次和重要朋友分別的經驗了吧。

一旦經歷了生離死別，「逝者正在天上看著自己」、「他的靈魂就在我們身邊」……被留下的人，往往會這樣說服自己。

就算自己一廂情願地認為「彼此只是相隔兩地」而已，然而只要一想起對方，還是會悲從中來、不知不覺就會想起那個人……

理智上，要接受重要之人已經離開我們這個現實，過程真的是既痛苦又漫長。

那麼，當重要之人離去之際，我們該怎麼做才能克服這個關卡呢？

那便是，**為重要同伴共有的這份悲傷，找到他託付給我們的遺志**。

日本自古便有名為「服喪」的習慣。

當親近之人過世時，為了追悼死者，周遭的人會避開和塵世交流，低調生活一段時間。認識死者的人會聚在一起，互相訴說對死者的懷念，透過大家共有的悲傷，一點一點地療傷、復原。

就算在對方生前你們已經一起做過很多事了，對於死者，我們仍忍不住要後悔：「一定有更多我能做的事吧！真希望和他一起體驗更多的事情。如果那時我說出真心話就好了。」

人會產生這種想法其實很自然。

比起做了卻失敗，想做而沒做的遺憾，更容易讓我們銘記在心。

不過，你不能懷舊完就結束了，何不試著放眼未來，想想逝者託付給我們的是什麼呢？

《鬼滅之刃》的最後高潮，是炭治郎等人的子孫輪迴轉生到現代的情景。
他們能活在沒有鬼的和平世界，都是拜炭治郎和同伴們勇於戰鬥之賜。
想必書中人物的意念，也會有某人繼承下去，並且一直流傳至今吧！
正是這段劇情，啟發了生在現代的我們。
我們每個人的人生經歷，其實都和自己不知道的過去，互相連結著。

因此我們能為親愛的逝者所做的，就是繼承他們的意念，繼續往前。
請相信最親愛的逝者、最珍貴的寶藏，依舊活在你的心中。
請你自發性地開拓出一條路，帶著炭治郎的勇氣，步履不停地往前行吧！

書封及裝幀設計：徐睿紳

藤寺郁光

Carta公司代表負責人。活躍於網路媒體，擅長撰寫動漫、偶像等分析與商業關係的文章。以收集「古今東西方名言」為生涯職志，同時致力於漫畫編輯、動漫分析，以及角色與道具研究。

「鬼滅之刃」戰鬥人生生存語錄

二〇二一年六月五日 初版第一刷

作　者　藤寺郁光
譯　者　王詩怡
副總編輯　陳秀娟
發 行 人　林聖修
出　版　啟明出版事業股份有限公司
郵遞區號　一〇六八一
台北市大安區敦化南路二段
五十七號十二樓之一
電話　〇二二七〇八八三五一
總 經 銷　紅螞蟻圖書有限公司
法律顧問　北辰著作權事務所

定價標示於書衣封底。

ISBN 978-986-99701-4-3

國家圖書館出版品預行編目 (CIP) 資料

「鬼滅之刃」戰鬥人生生存語錄／藤寺郁光作；王詩怡譯。
——初版——臺北市：啟明事業股份有限公司，2021.06。
240 面；12.8 x 18.8 公分。

譯自：「鬼滅の刃」の折れない心をつくる言葉
ISBN 978-986-99701-4-3（平裝）

861.67 109021258

“KIMETSU NO YAIBA” NO ORENAI KOKORO WO TSUKURU KOTOBA
By Kunimitsu Fujidera

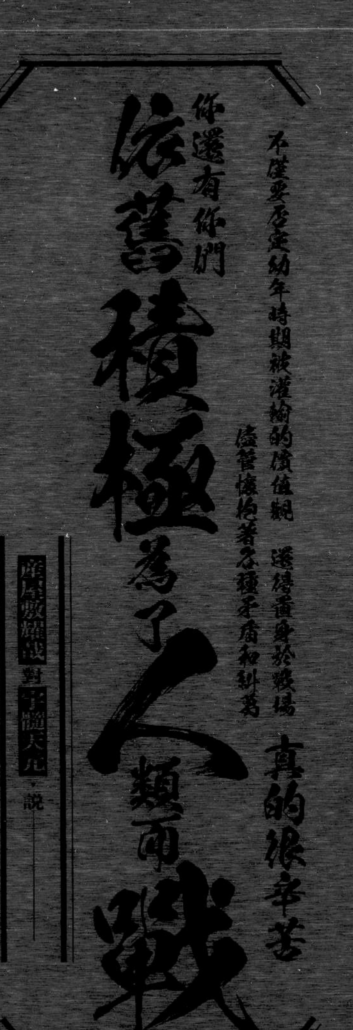

選自 十七

鬼滅之刃
戰鬥人生
生存語錄

這不是
做不做得到的問題
而是
必須做到才行

胡蝶忍 對自己・說

選自 十九

鬼滅之刃
戰鬥人生
生存語錄